JN233130

Chain
チェーン
失われた足跡
ジックス　原作
桐島幸平　著
武藤慶次　原画
PARADIGM NOVELS 134

登場人物

東雲《しののめ》 武士《たけし》

業界屈指の私立探偵。警察からの非公式な依頼で、犯罪事件を解決することもある。クールで頭も切れるが、女に泣かれると弱い。ちなみに早起きは苦手。

五十嵐《いがらし》 歩《あゆむ》 大物代議士の娘。すなおで人懐こい性格だが、親にかまってもらえず、寂しい思いをしている。

間壁《まかべ》 瞳《ひとみ》 事務処理はもちろん調査の手助けもする、武士の有能な助手。実はひそかに、武士のことが好き。

槙村《まきむら》 恵《めぐみ》 武士がよく行くスナックで出会った陰のある美女。どうやら麻薬犯罪に荷担しているようだが…。

日下部《くさかべ》 晶《あきら》 武士の恩師の娘で現在は刑事をしている。男勝りで大酒飲みだが武士とはいい飲み友達である。

林《はやし》 正志《まさし》 歩の同級生で、武士にドラッグの情報を提供してくれた。バイトで生活費を稼いで自活している。

沢渡《さわたり》 鞠絵《まりえ》 武士の高校時代の同級生で、歩の姉でもある。父親の命令で不幸な結婚生活を強いられている。

美紗子《みさこ》 武士が情報収集に行ったスナックのホステス。武士に好意を持って、捜査の協力をしてくれている。

矢野《やの》 和正《かずまさ》 歩の学校の担任。一見体育系なのだが、実は国語が担当教科で、非行を憎む熱血教師でもある。

第一章　東雲 武士

第四章　美紗子

第五章　瞳

目次

序章

埠頭《ふとう》近くの薄汚れたドヤ街。

腐った魚と重油の匂《にお》いが入り混じる運河のたもと、ひと晩数百円、雨風がしのげる程度の木賃宿が連なる手すりもなにもないたわむ桟橋を、俺《おれ》は走っていた。運河のどろりとした暗闇《くらやみ》にポツンと明りの洩《も》れているドアに向かって。

篠《しの》つく雨が降っていたが傘など持っていない。着古したトレンチコートは雨をはじかず重くなっていたが、気にも留めない。

ドア口に着くと、長年掃除もしていない部屋のすえた匂いとツンとくる硝煙の香りが鼻をついた。四畳半ほどの狭い室内に転がる男の足が見えている。そして、その足にもたれるように倒れているもうひとりの男。

目の端に、白い影がチラリと映った。薄汚れたこの部屋に似合わない白。電話で俺に危急を知らせた日下部《くさかべ》晶《あきら》のブラウスの色だ。俺は男たちを後回しにして、部屋の隅でひざを抱えて虚空を見つめていた晶に近寄った。晶の体をざっと点検するが、怪我《けが》をしている様子はない。

「大丈夫か?」

俺に肩をつかまれると、晶は何度もまばたきをして懸命に目の焦点を合わせようとした。

「た……たっくん……わ、私《わたし》……私……」

晶は唇をわななかせてなにかを伝えようとしている。

序章

「無理にしゃべらなくていい。落ち着け」

「私、私……なにもできなかった……なにもできなかったのぉーーっ!!」

晶はそう叫ぶと、俺にしがみついてきた。俺の胸元は晶が流す熱い涙で濡れた。

大学時代は先輩だった晶。気丈で男勝りで、俺とは妙にウマが合い、ずっと切磋琢磨《せっさたくま》し合ってきた戦友、豪快に笑い豪快に飲む、飲み友達の晶。これっぽっちも女を感じたことのなかった晶が、今は俺の胸の中で泣いていた。

今は泣かせてやろう。すぐに晶の同僚たちが駆けつけてくるだろう。そうしたらこいつはきっと泣き止《や》んで、陣頭指揮を執り始めるだろう。それまでは思い切り泣くがいい。

俺は妙に華奢《きゃしゃ》に感じる晶の肩を抱きながら、目の前に転がるふたつの死体に改めて目をやった。

床に転がっている男にもたれかかるように倒れている死体は目を剥《む》き、側頭部から血を流している。五十がらみの痩《や》せこけた男。腕にはおびただしい注射の跡。明らかにジャンキーだ。手には銃把《じゅうは》にテーピングを施した改造銃とおぼしき三十八口径の拳銃《けんじゅう》。ドラッグ浸りになっていた時に入ってきた男を借金取りかなにかと勘違いして撃ち殺し、錯乱した状態で自殺したのだろう。調査はまだだが、おそらくそんなところだ。

よくある話なのだ。

そして、転がっている男は日下部洸正《こうせい》……俺の師匠であり、晶の父だった人だ。

探偵。

困っている人に代わって、膨大な時間とエネルギーを使って綿密な調査をし、真実を伝えるというしがない稼業。あるべきものをあるべき場所に戻すという便利屋と言い換えてもいい。

日下部の親父《おやじ》は蒸発してしまった夫を探してほしいとの依頼で動いていた。探偵よりはマシな警察という職業についた娘の晶に「ちょっと危険な場所にいく」と言い残して。

それがこのザマだ。

親父は俺に仕事のいろはを、酒の飲み方を、社会の掟《おきて》を、そして人生の秘密をちょっぴり教えてくれた。が、死んでしまっては元も子もない。死んでしまってはすべて終わりだ。

泣き続ける晶を胸に、師匠の死体を見つめながら、俺が感じていたのは怒りだった。

第一章　三つの依頼

「先生、起きてください！　朝ですよ！」

その時、俺《おれ》はどういうわけか天使の夢を見ていた。

あたたかく明るい光に包まれた俺を、背中に白い羽を折りたたんだ純真無垢《むく》な表情の天使が両手を広げて迎えてくれているのだ。男とも女とも知れない天使の表情。この笑顔に抱かれるのなら死んだのだとしても本望だ……。そんな風に思っていた矢先、天使が急に口走ったのだ。

「もう！　起きてください！」

枕《まくら》でバフッとはたかれて、俺は目をしばたかせた。俺の助手、真壁瞳《まかべひとみ》くんが腰に手をあてて仁王のように立っていた。瞳くんが天使？　いや、あの顔は確か……。

「お目覚めですか？」

ここは俺の事務所、東雲《しののめ》探偵事務所の一角にある俺の私室だ。扉を隔てたすぐ隣が仕事場である事務所になっている。仕事とプライベートは分けたいものの、探偵という仕事に昼夜は関係ない。いきおい仕事場が生活の空間になってしまう。日下部の親父《おやじ》が亡くなって独立を余儀なくされた時、池袋の繁華街にほど近いこの物件を見つけた俺は即決した。ここを俺の拠点にしようと。抜群の立地条件と広さに加え、ファミリータイプのマンションなので相談を抱えた客も構えずに入ってきやすいというメリットもあった。

「……瞳くん、俺の部屋には入るなと言っているだろう」

威厳を込めて言ったつもりだが、どうにも口の中が粘ついている。どうやら飲み過ぎたらしい。

「先生、東雲探偵事務所は朝十時からの営業なんですよ？　今、何時だか知っていますか？」

「ん……何時だ？」

「お昼の一時ですっ！　もう午前は終わってしまいました！」

言われてみればカーテンを透して差し込む陽射《ひざ》しが黄ばんでいる。午後の光だ。

「仕方がないなあ……今日はもう終わりだ、終わりっ！」

シーツを頭からかぶり直すと、瞳くんが俺の体を揺すった。

「終わりじゃ困りますよぉ。依頼人が来たらどうするんですか」

「君も一緒に寝るか？」

「キャアッ！」

シーツの隙間《すきま》から手を出して瞳くんの太腿《ふともも》を抱きかかえると、瞳くんは黄色い声をあげて俺の手をパシパシとはたいた。

「もうッ！　先生、いい加減に起きてください！　毎日こんな調子だと、私《わたし》はすぐにでも辞表を出しますからね。知りませんよ！」

足音を荒げて瞳くんは事務所の方へいってしまった。彼女の顔が紅潮しているだろうことは見ないでも分かった。

瞳くんが俺に気があるのは薄々知っている。そうでもなければ一流商社勤めだった彼女がキャリアを捨てて、こんなチンケな探偵事務所の助手をやろうだなんて気は起こすまい。訪れる男の依頼人が必ずハッとなるような美人だし、女の依頼人には受けのいい心優しい聞き手でもある。才媛《さいえん》という言葉がよく似合ういい女だ。瞳くんをベッドに連れ込むのは簡単だろうとは思うが、俺はあえてそれをしない。

俺の助手につくようになって二年。動機は俺かもしれないが、最近の瞳くんは探偵としての仕事ぶりが板についてきている。頼もしいパートナーに手を出すわけにはいかない。瞳くんにセクハラまがいのことをしてからかっているのは、自重を込めた防衛策だ。バカなことをして、彼女にダメな男と思われていれば妙なことに発展することもないだろう。

「さてと……仕方がない、起きるか……」

俺は手早く身支度をして事務所に向かった。

事務所の扉を開けると、瞳くんの淹《い》れるかぐわしいコーヒーの香りが鼻をついた。

「ハイ、いつもより濃く淹れましたからね。これ飲んでシャキッとしてください」

デスクにつくと、瞳くんが特大のマグカップにとろり黒いブラックコーヒーをなみなみとついで出してくれた。口に含むと熱さと香りで脳細胞がピリピリと覚醒《かくせい》してゆく。俺はカップを手に窓辺に寄り、見慣れた風景を見下ろした。

池袋――。ほんの数年前までは飲み屋が密集するうらぶれた親父の街だったのだが、ここ数年で急速に若者が集まり出し、発展し洗練され始めている街。

伸びる街には必ずそれを食い物にする負の力があり、街の裏には力と力がぶつかり合うカオスが広がっているものだ。権力、金、暴力、女……人間と人間がぶつかり合えば、幸せや繁栄が得られる一方、不幸や怨恨《えんこん》が必ず生じる。つまり、そこにこそ俺の力が発揮できる仕事があると思うのだが……。しかし、ここ数日は依頼の来ないヒマな日々が続いている。

「ふわああぁぁぁ……ぁっ」

「先生、シャキッとしてください。依頼人はいつ入ってくるか分からないんですからね」

涙が出るほど大きなあくびをすると、隅々まで拭《ふ》き掃除をしていた瞳くんが冷ややかに言った。毎日キチンと掃除しているのでホコリなどどこにもないのだが、瞳くんもかなりヒマを持て余しているらしい。

世の中の不正をただしたいというのが本音ではあるが、探偵稼業はどうしても請《う》け負《お》いであるため、依頼がなければ仕事にならない。晶のように警官になるべきだったかなと思うこともあるが、自分が組織体質でないことは重々承知している。

「先生、よその事務所は最近かなり派手な広告を打っていますが、ウチもそうしたらどうでしょうか？」

瞳くんが掃除の手を休めてそんなことを言い出した。

「社員ふたりだけのちっぽけな会社で広告なんか打ったら、それだけでアカだよ。よそはよそ、ウチはウチ。横のつながりもあるし、いざとなれば仕事は取って来れる。大丈夫、心配するな。君のギャラぐらい、俺が日雇いをやってでも稼いでやるから」

ちょうどその時、事務所の電話が鳴った。

「東雲探偵事務所です」

電話の近くにいた俺が受話器を取ると、強烈なキンキン声が響いた。

『ア〜ラ、たっくん⁉ おひさ〜っ！ 私よ、私っ！』

「なんだ、晶か」

『ちょっと、なんだはないんじゃないの？ これでも仕事の依頼のつもりなんだけど？』

「警察の『お手伝い』だろ？ 金にはならないだろうに」

『仕事に貴賤《きせん》はないわよ。どうせヒマしてるんでしょ？ 助けてよ、お願い』

「あいにく忙しくてなぁ……」

『そんなこと言わないで。浮気調査よりは面白いネタなんだからさ』

「おいおい、仕事に貴賤はないんだろ？」

晶は豪快に笑うと、

『八時に〝ゆき〟で待ってるから。絶対来てよね。じゃあね』

と言って一方的に受話器を切った。

俺は小さく舌打ちしながら瞳くんを見る。掃除の手を休めて会話の行方を追っていた瞳くんは、俺の次の言葉を待っている。

「晶から仕事の依頼だ。八時に〝ゆき〟。ギャラは安いだろうが、受けてもいいかな？」

「そんな、先生……私のことなど気にせず、どんどんお仕事なさってください。先生はお仕事なさっている時が一番生き生きされる人なんですから」

瞳くんの言葉に、俺はガラにもなく感動した。彼女が後衛を守ってくれるから、俺は安心して前衛で闘っていられるのだ。

「瞳くん……ありがとう」

「アハ、嫌ですわ、先生……当たり前じゃないですか」

瞳くんは照れたように顔を赤くし、拭き掃除の手を速めた。

結局、晶の電話以降、依頼の電話は一度も鳴らず、その日は暮れた。

◇　　◇　　◇

カランとカウベルが鳴る。今どきカウベルとはちょっとダサめのセンスだが、地方からの乗り入れが多いこの池袋では、これくらいのセンスが逆に落ち着くという人が多いのだろう。実際〝ゆき〟の店内は、盛況というほどではないが、仕事後の憩いを求める人間が常に集まっている。今日もボックスでふた組、カウンターでは数人の男女が静かにグラスを傾けていた。

スナック〝ゆき〟。

待ち合わせ、打ち合わせ、相談、食事……夜間の事務所と呼んでもいいほど根城にしている、俺のいきつけのスナックだ。

「いらっしゃい、武士《たけし》さん」

カウンターの背後から真由紀《まゆき》がするりと出てきてコートを受け取る。

〝ゆき〟の女主人、富田《とみた》真由紀とはいわゆる幼なじみで、かれこれ二十年来のつき合いになる。上品で健康的な色香をまとった美人に育ったが、四つほど年下の真由紀は、小さい頃《ころ》から俺のことを『お兄ちゃん』と慕ってくれた。そんな呼び方は今でこそしなくなったが、俺にとって可愛《かわい》い妹のような存在であることには変わりない。

もともとこのスナックは彼女の母親が経営していたもので、後を継ぐ形で真由紀が店に立つようになると、俺は自然と足繁く店に通うようになっていた。

「はい、お疲れ様」

カウンターの端の席に腰を下ろすと、さっと熱いおしぼりを手渡された。

この手際。……たった今まで俺のコートをハンガーに掛けていたはずなのに、ひと呼吸とおかず飲み物が出てくる。真由紀の接客は完璧《かんぺき》だった。どんなに店が混んでいる時も、客を絶対しらけさせない。おかわりがほしい時は次のグラスが、つまみがほしい時は乾き物の皿が、話し相手がほしい時は笑顔の真由紀が、いつも目の前に現れる。常にかゆいところに手が届くのだ。これほど気持ちよくくつろげる場所はない。常連客は、たったひとりで店を切り盛りしている若い真由紀を『ママ』とは呼ばず、『ミストレス』と呼んで敬意を表している。

おしぼりで顔を拭《ぬぐ》って人心地つくと、いつものターキーが目の前にコトリと置かれた。

「今日は晶と待ち合わせだ」

「まあ、久しぶり……私、あの方の飲みっぷり、大好きなんですよ」

「はっはっは、本人に言ってやれ」

晶とは仕事やプライベートで何度かこの店で飲んでいたが、つぶれるほどにまで酔った。俺の師匠、酒豪と呼ばれた日下部洸正の血を引く晶は、親父以上に底無しだったのだ。

根っから豪快気質の晶は、あの事件以来がむしゃらに仕事に打ち込み、今では刑事部長にまで成り上がっていた。警察史上最年少にして数少ない女の刑事部長であるが、池袋署では大人気の名物デカだということだ。

俺はグラスを持ち上げて揺らし、角氷の心地よい音を楽しむと、一〇一プルーフ、つまりアルコール濃度五〇・五の灼《や》けつく液体を喉《のど》に流し込んだ。次いでマッチで煙草《たばこ》に火をつけゆっくりと煙を味わう。

ジャズトランペットの音が静かに流れる店内は、ブルージーな雰囲気に包まれている。このペットはリー・モーガン……とするとピアノはソニー・クラークだろうか？

真由紀がシェーカーをふる小気味よい音。静かにカクテルグラスに注いでカウンターの向こう端に座っていた女性客の前に置いた。俺の見間違えでなければ、そのカクテルの名はサイドカー。ブランデーベースにコワントロー、オレンジジュースでシェイクする、香り高く気品あるカクテルだ。見るともなしにその女性客を観察する。

背中まで伸びた長い黒髪が印象的だ。薄暗いのでハッキリとは分からないが、目鼻立ちも整っているように見える。美しい女だと言っていいだろう。が、しかし、店の空気とは明らかに異なる雰囲気をまとっている。落ち込んでいる、悩んでいる、苦しんでいる……どの言葉でも表現しきれない暗いイメージがその女を包んでいた。

と、女が傍らのハンドバッグを取り上げてハンカチを取り出そうとした。はずみで中から、セロファンの小袋に分包されたクッキーのようなものがひとつこぼれ落ちる。女はそれに気づくと慌てて拾い上げてバッグにしまい、サッと周りを見回した。俺と目が合う。女の動きが硬直した。俺は軽く目礼してゆっくりカウンターに向き直った。

目の端で女の動きを見守っていると、彼女は手早く身支度を整え、店を出ていこうとしている。真由紀が勘定を受け取り、カウンターを出て送り出しにいった。

あの女、明らかに怪しい……。

「どうかしましたか？」

気がつくと、カウンターの中に戻った真由紀が不思議そうに声をかけてきた。

「ん？　ああ、いや……今帰った女性なんだが、よく来るのか？」

「ええ、最近になって時々おいでくださるお客さんです」

「いつもあんな感じで飲んでるのか？」

「ええ、いつもおひとりで……あの方が、なにか？」

「いや、深い理由はないんだが、少し気になってな」

「そうですね……なにか思い詰められている感じで、私も気になっていたんですけど……まあ、いろんなお客さんがいらっしゃいますからね……」

「確かにな……」

都会には様々な人間模様がある。きらびやかで華やかな側面がある一方、そのあおりをくらう、いわゆる貧乏くじを引く連中もたくさんいる。望もうと望むまいと、それは仕方のないことなのだ。社会は不公平にできている。

あの女客がどんな場所を歩いているのか俺には想像することもできないが、なにかの事件に巻き込まれていないことを願うばかりだ。

「晶さん、遅いですね」

ぼんやりと物思いにふけっていると、真由紀が心配そうに声を掛けてきた。

「いつものことさ」

返しつつ懐中時計を覗《のぞ》き込《こ》む。午後九時過ぎ。約束の時間から一時間以上が経過している。すっかり短くなった煙草を揉《も》み消《け》し、意味もなく空のグラスを揺らす。

刑事という仕事柄、急な仕事で遅くなることは珍しくない。もっとも、刑事になる前から、晶が待ち合わせ時間を守ったためしなど一度もない。最初は心配したり腹を立てたこともあったが、つき合いが長くなるにつれ次第に慣れてしまった。

晶の場合、二十分、三十分は遅刻のうちに入らないのだ。そのくせ、待っている間にこちらがほろ酔い気分になどなっていようものなら、まるで子供のように拗《す》ねてしまう。

本当にいくつになっても変わらない。年齢から言えば晶の方が年上なのだが、年相応の落ち着きなどまるで感じられない。まあ、それが晶の魅力でもあるのだが。

と、そんなことを考えていると、カラン、とカウベルが鳴った。

「お待たせ、たっくん！」

威勢のいい声にふり返る間もなく、豪快に肩を叩《たた》かれる。悪びれた様子もなく、晶はそのまま俺の隣に腰を下ろした。

「まったく……一時間も遅刻してきてそれか」

「まあまあ。わざとじゃないのよ。細かいことは気にしないの」

「こんばんわ、晶さん」

真由紀がおしぼりとコースターを持ってきて晶の前に置いた。

「真由紀ちゃん、久しぶり」

真由紀と晶はもちろん顔なじみだ。俺にとって義理の妹とも言える真由紀を、晶もまた実の妹のように可愛がっていた。減らない犯罪捜査の激務を縫って、時には部下を連れてここに飲みに来ることもあるようだ。

「いつものでよろしいですか？」

「そうね。お願い」

短いやり取りだが、それでもふたりの関係がよく分かる。俺にしてみれば遅刻に対する追及をうまくかわされた格好だが、そんなふたりの様子には自然と笑みが浮かんでしまう。

世界中の酒がずらりと並ぶ飾り棚から晶のためだけに用意しているという珍しいテキーラのビンを取り出し、真由紀が手際よくシェーカーをふる。カクテルグラスに朝焼けを思わせる橙色《だいだいいろ》の液体が注がれた。晶の定番、テキーラ・サンライズのできあがりだ。

「どうぞ」

「ありがとう」

真由紀がグラスを差し出すと、晶の口元に笑みが広がった。正真正銘、酒好きの顔だ。洸正の親父の血は伊達《だて》じゃないということだろう。晶は受け取ったグラスをそのまま口に持っていき、ファーストショットを味わった。

「ん、おいし……さすが真由紀ちゃん」

「ふふ、ありがとうございます」

真由紀はにこやかに軽くお辞儀してカウンターの奥へと身を引いた。仕事絡みの話だということを察して気を利かせてくれたのだろう。

が、肝心の晶が話を切り出そうとしない。一点をじっと見つめ、テキーラ・サンライズをゆっくり味わっている。普段騒がしい奴《やつ》が静かにしてると気になるものだ。俺は三杯目のバーボンで軽く喉を灼きながら、隣に座る晶の横顔に目を向けた。

ずっと近しい存在だから普段は気にしていないのだが、こうして客観的に見ると相当な美貌《びぼう》の持ち主だ。スタイルはモデル並みだし服の着こなしにもセンスを感じさせられるのだが、不思議と色気は感じない。異性よりもむしろ同性に人気があるタイプと言える。少なくとも俺にとっては『姉貴』という感じだ。

一般的にもそう思われているようで、いつだったか『誰《だれ》も恋愛対象として見てくれない』と嘆いていたこともあった。あまりにも豪放で大胆な性格なため、誰も彼女に女を感じることがないのだろう。

しかし今夜の晶の横顔は、抱えている問題が大きいのか、わずかだがどこか憂いの色を帯びている。そんな晶の表情に惹《ひ》き込《こ》まれそうになるのを抑《おさ》え、俺は晶に水を向けてみることにした。

「最近どうだ？　相変わらず忙しいのか？」

「相変わらずね。物騒な事件も減らないし、検挙しても検挙しても……イタチごっこよ」

晶は少し寂しそうに笑うと、オレンジ色のカクテルをぐっと流し込んだ。

「少し疲れてるんじゃないか？」

「え？　いやだぁ。分かる？　このところ、休む暇もないのよ」

晶は笑って肩をすくめ、もう一度グラスをあおって飲み干した。

「真由紀ちゃん、カミカゼをお願い」

「おいおい、早いな。二杯目でカミカゼかよ」

カミカゼとはその名の通り、鋭い口当たりと即効性を併せ持つウォッカベースの非常に強いカクテルだ。ホワイトキュラソーとライムジュースで割るが、それでも全体の七割近くをウォッカが占める。手っ取り早く酔いを回すには適しているが、酔わずには話せない内容なのだろうか？

「今の高校生の考えることって、ホントに分からないわ」

俺が晶の横顔をうかがっていると、晶は真由紀がカミカゼを用意する手元を見つめながらポツリと言った。

「高校生？」

「ええ。私たちの頃とは価値観そのものが変わってきてる」

そう言ってひとつ溜息《ためいき》をつく。

「高校生が絡んでるのなら、少年課の仕事なんじゃないのか？」

「ところがそうも言ってられないのよ。単なる非行ならともかく、今回の件は特にね」

警察内部では、細かく分類した犯罪の種別に応じてそれぞれ専門の課を置いている。有名なところでは『殺人課』である捜査一課や、先に挙げた『少年課』、暴力団対策のための捜査四課、通称『マル暴』などが挙げられるだろう。

だが実際は複数の課にまたがるような複雑な犯罪も多い。特に晶のような有能な刑事ともなると、色々な事件の捜査に引っ張りだこになることは容易に想像がつく。

「はい、どうぞ」

「ありがと」

真由紀が差し出したカミカゼをひと息に半分ほど空けると深く息をつき、晶は険しい表情で俺に向き直った。

「ドラッグよ」

そのひと言に、俺の心にも緊張が走った。

俺の師匠であり晶の父親である日下部洸正はドラッグ絡みで命を落とした。それ以降、俺と晶とは独自でドラッグ絡みの事件を調査し、洸正の親父が追っていたディーラーを検挙してやろうと企んでいるのだが、奴はなかなか姿を現さず、その正体は未《いま》だ謎《なぞ》のままだったのだ。今度こそ親父の敵討《かたきう》ちができるのかもしれない。俺は気を引き締めて晶の次の言葉を待った。

「池袋に集まる高校生を中心に出回っているようなの。課で出所を付き止めようとはしているんだけど、正直、流通の動きが速すぎてつかめない状態。……多分、高校生自体が仲介に使われていて、学内外で取り引きが行われてるんじゃないかと……」

「ふむ……」

晶の依頼の大方が見当ついた。

単なる事情聴取とはいえ、まだまだ子供である高校生にとって刑事にいきなり質問されるのは恐怖だろうし、悪いことをしていればなおさらだ。それに、表立っての調査となると学校を通さねばならないだろうし、となるとPTAもうるさいだろう。

社会というのは子供や女を守るようにできている。そこをくつがえしてメスを入れるのは並大抵の仕事ではない。そんな時、どこにも属さない探偵というのは使い勝手がいいのだ。晶には、これまでにも何度かそうした難しいところの調査を依頼されてきた。

「高校生から情報を集めろってか？」

単刀直入に訊《たず》ねると、晶はちらりと横目に俺を見てばつが悪そうに笑った。

「そうなの。どんな薬がどんな流通で出まわっているか。それと、関《かか》わっている子たちの情報も」

「そりゃ難しいな」

煙草の火を揉み消して、俺は晶にお手上げしてみせた。

「高校生なんてどこにでもいるからな……どこから手をつけたらいいか、かえって見当もつかねえよ」

するとは晶は俺に向き直って両手を合わせた。

「たっくん以外、頼れる人がいないのよ。ね、お願い？」

警察機構が探偵風情に表立って調査依頼をするわけにはいかない。そのため、いわゆる正式な報酬は期待できない。もちろん晶は自分のポケットマネーから支払うと言うだろうが、恩師の娘から金銭を受け取ることなどできない。結果、晶からの依頼は全くのタダ働きとなるのだ。が、今回はドラッグ絡みだ。洸正の親父の敵討ちができるかもしれない。

それに、今はヒマだしな……。

俺はこの依頼を受けることにした。

「まあ……あまり期待しないでくれよ」

答えた瞬間、晶の表情がパッと明るくなった。

「本当!?　ああん、だからたっくんって好きっ！」

「はいはい」

俺の手を取って大袈裟《おおげさ》に喜ぶ晶を適当に受け流す。

「ホントにありがとう。期待してるわ」

「だから期待するなって言ってるだろ」

「謙遜《けんそん》しちゃって。今日は私がおごるわ。どんどん飲んで」

晶の『どんどん飲んで』は本当に浴びるほど飲まされるからな……ここは遠慮しておくに限る。

「いや、明日から動くつもりだから……高校生の前で酒くさいのはマズイだろ」

「もう、つれないわねぇ。じゃあ今日は終電まで勘弁してあげるわ」

そう言っていたずらっぽくウインクすると、キツイはずのカミカゼを一気にあおった。

「真由紀ちゃん、カミカゼ、もう一杯！」

◇　◇　◇

「先生、起きてくださいぃッ！」

今朝もどういうわけか天使の夢を見ていた俺は、昨日と同様、再び瞳くんにその夢を破られた。朝っぱらからデジャヴ感覚を味わう。

『終電までで勘弁して』くれるはずの晶との酒宴は結局午前二時まで続き、俺は二日酔いで重い頭をもたげた。

第一章　三つの依頼

「うーむ……」

「やだ、先生。服を着たままじゃないですか」

言われて自分の体を見やると、どうやらスーツ姿でふとんにもぐり込んだらしく、元々よれよれのスーツが原型をとどめないほどよれているのが見えた。コートと靴《くつ》はかろうじて脱いだらしい。

「先生、今日は朝一番に電話でアポが入っています。依頼人は十二時にお見えですから、早く支度してください」

「ん……今、何時だ？」

「もう十一時過ぎですっ」

「分かった分かった……頼むから大声を出さないでくれ。頭痛がひどい」

「もう……晶さんと飲むといつもこれなんだから……」

「晶と飲むのは仕事の一環だよ。営業ってことさ」

俺はやっとの思いでベッドから這《は》い出《だ》し、シャワーを浴びるために浴室に向かった。

耐えられるギリギリの熱い湯をたっぷり浴びると、重かった頭がいくらかスッキリした。

手早く着替えて事務所のドアを開けると、いつものように瞳くんがコーヒーを淹れてくれていた。

と、ドアにノック。時計を見ると十一時四十五分だった。ぎりぎりセーフだ。

アポを入れて十五分前に来訪するとは、依頼人は律儀な性格なのだろう。

「こちらへどうぞ」

瞳くんが招き入れた依頼人は、予想通りピシッと三《み》つ揃《ぞろ》いを着こなした堅い感じの紳士だった。神経質そうに事務所内を見回し、俺のデスクの前に来ると直立して目礼した。不自然なほど姿勢の正しい男性に、俺は名刺を渡した。

「当事務所の所長の東雲です」

「ああ、どうも。私、谷田《たにだ》と申します」

男性も名刺を差し出し、俺が受け取ると提げていたアタッシュケースをキチンとひざの上に載せ、背筋を伸ばしたまま腰を下ろした。この背中には定規《じょうぎ》でも入っているのだろうか？

名刺を確認すると『秘書』という文字が真っ先に目に入ってきた。どこぞの企業の社長づきか、あるいは政界に縁のある人物か……。名刺に社名が入っていないところを見ると、後者の線が強そうだ。

「なにかお困りごとですか？」

「折り入ってお願いしたいことがありましてね……」

そこに瞳くんがさり気なくコーヒーを運んできた。

「どうぞ」

探偵事務所に依頼を持ってくる人物は一様に緊張しているものだが、大概の依頼人は瞳くんの淹れるコーヒーでリラックスしてくれる。その例に洩《も》れず、谷田と名乗るこの男性も少し表情を緩めてくれた。

話を切り出すタイミングを見計らいつつ、目の前に座る男性を観察する。

眼鏡《めがね》の奥の切れ長で細い目が、棚に並んでいるファイルの背表紙をチラチラと見ている。おそらくこの探偵事務所の値踏みをしているのだろう。実直で不器用そうなのはフリだけに違いない。実は切れ者なのだろう。

こめかみやあごにも張りがあり、贅肉《ぜいにく》がついていない。いわゆる酸いも甘いも知り尽くした顔だ。裏方に徹しながら幾つもの修羅場をくぐり抜けてきたような、そんなしたたかさを感じる。

コーヒーカップを置き、俺は身を乗り出して訊ねた。

「では、ご依頼に関して伺いましょうか」

「そうですな。では……」

谷田氏はひとつ咳払《せきばら》いをして、内ポケットから一枚の写真を取り出した。

「この写真の少女について、素行調査をお願いしたいのです」

おそらく履歴書用に撮《と》られたのだろう、味気ないその証明写真には、活発そうな少女の顔が明確に映し出されていた。高校生だろうが、中学生と言ってもいいほど幼さが残る顔立ちだった。

「実は私、民事党の代議士、五十嵐大造《いがらしたいぞう》の秘書を務めておりまして」

「五十嵐大造？」

政治家の秘書だという読みが当たったことより、俺はその名に気を取られた。民事党の幹部で次期総裁の呼び声も高い五十嵐大造……しかし俺にとっては本人よりもその娘が近しい存在だったのだ。

「練馬区より選出の議員さんですね」

「ご存知でいらっしゃいますか」

「私の高校の同級生に、ご息女の五十嵐鞠絵《まりえ》さんがいました」

「ほう、それは奇遇ですな」

俺の脳裏に鞠絵の姿が蘇《よみがえ》る。清楚《せいそ》で凛《りん》としていて、悪ガキだった俺には、高嶺《たかね》の花のように見えた美少女だった。

「失礼ですが、谷田さんがこの事務所を選ばれたのは、

鞠絵さんの紹介ですか？」

「あ、いや……先代の日下部氏を知っていた方の勧めを受けたのです」

それはそうだ。鞠絵とは大学時代に二、三度会ったきりだ。俺が探偵をやっていることすら知るまい。

「鞠絵殿はもう数年前にご結婚されて、家を出ておられますよ。いやしかし……世の中は狭いものですなぁ。写真の少女は歩《あゆむ》という名で、同じく先生の娘さんです。つまり、鞠絵殿の妹にあたるわけです。現在十七歳で、都内の『清和《せいわ》学園』という私立高校に通学しています。明るい活発な子なんですが、困ったことに最近は家に寄りつかないようでしてね、先生も大変心配しておられるのですよ……」

淡々とした口調で続ける谷田氏。俺は、唐突に開けられてしまった記憶の扉を無理やり閉じ、彼の言葉に意識を集中させた。

「素行調査ということですが、なにか問題行動でも？」

「いえ、今のところ問題というほどのことはないんですがね……ただ、高校に入った頃から家に寄りつかなくなったのですよ。帰りは遅い、休日もほとんど外出している。先生や奥様と話をすることもない」

谷田氏は懐からキチンとアイロンのかかったハンカチを取り出し無意味に額をぬぐった。

「家に寄りつかないというのは、帰らないということですか？」

「いやいや、家には帰っているようなのですが、帰りが遅いということでしてね」

少女の行状の方にはなんの引っ掛かりもなさそうだ。それより俺は谷田氏の口調の方に、引っ掛かるものを感じた。

「お話を伺った限りですと、あまり問題があるようには思えませんが……高校生ぐらいの女の子なら、普通の生活パターンではないかと……」

「いえいえ、先生も奥様もとても心配しておられるのです。もしや非行でも、とね」

谷田氏は額を拭き拭き、慌てて打ち消す言い方をする。是が非でも調査を行ってもらいたいようだ。ようやく彼の考えが読めてきた。

「……なるほど」

確か総裁選が近かったはずだ。娘が心配というよりも、むしろ娘の非行うんぬんというスキャンダルを怖《おそ》れているのだろう。俺はあらためて写真の少女に目をやった。親の生き方にどうしようもなく生活を左右されてしまう子供……息苦しいに違いない。そういえば鞠絵も、優等生ではあったが、親が政治家だということはずっとひた隠しにしていたな。

「……残念なことに、先生はとにかく多忙を極める過密なスケジュールでして。そこで、先生に代わって歩さんの行動を確かめていただきたいのです。もし危ないことがあるようなら、なんとしても止めてやっていただきたい。期間は……そうですな、一ヵ月と言いたいところですが、どうでしょう？」

　これでハッキリした。一ヵ月と言えばちょうど総裁選の結果が出た頃だ。それまでの期間は、なんとしても娘のことを表に出さないようにしたいということだ。俺は内心溜息をつき、クールにつっぱねた。

「いえ、ひと月は不要でしょう。非行の兆候など一週間も様子を見れば見極められますよ」

「ふむ……」

　俺の実力や娘の危険度などをスケジュールと共にかんがみているのだろう。細い目がいっそう細くなる。谷田氏の頭のコンピュータが立てるカタカタという音が聞こえてきそうだった。

「では……万が一、一週間で見極めることができなかったら、その時に改めて期間を延長するということでお願いしたい」

「分かりました。ではまず一週間をメドに調査することにしましょう」

　その後は料金などについて事務的な話をし、前金をキャッシュで受け取ると谷田氏をドアまで見送った。

「では、よろしくお願いします。ああ、それからこのことはくれぐれも……」

「分かっていますよ。秘密は厳守します」

　ドアを閉じると俺は瞳くんに前金のキャッシュを渡し、煙草に火をつけた。ここしばらくはのんびりして休んでいた頭脳が、ようやくきびきびと回転し始めた。

五十嵐歩が高校生だということで、晶との約束の調査も、そこからスタートできそうだ。歩の調査は近親である鞠絵からあたってみよう。寄りつかないという親よりも情報が多そうだ。それに、結婚した鞠絵に会ってみたいという思いもある。谷田氏から鞠絵の嫁ぎ先の電話番号は聞いてある。まずは連絡してみることにした。

が、電話は留守番電話になってしまった。とりあえず探偵という職業は告げず、会いたい旨《むね》を録音しておく。

鞠絵がNGなら、まず手始めは……学校だな。担任の教師にそれとなくあたるのが近道のように思われた。放課後の生徒の顔を知る教師はあまりいないだろうが、学内でも素行が悪いようなら問題ありだ。

「瞳くん、調査に出掛けてくる。留守番よろしく」

「ハイ。いってらっしゃい」

俺は瞳くんがアイロンがけしてパリッと蘇ったコートを引っ掛け、事務所を後にした。

◇　◇　◇

愛車のトヨタ・スポーツ八〇〇を駆り、俺は昼の陽射しがまぶしい山手通りを練馬に向かった。

トヨタ・スポーツ八〇〇、通称『ヨタハチ』。トヨタが一九六五年に初めて発表した量産タイプのスポーツカー。エンジンはわずか七九〇ccの空冷二気筒、最高出力四五馬力と非力ではあるが、最高時速は一五五㎞。空力特性に優れた軽量アルミボディと独特の愛嬌《あいきょう》あるフォルム……博物館級の古い車だが、俺にとっては無二の友だ。

五十嵐歩が通うという私立清和学園が視界に入ってくる。

創立されて数年と歴史は浅いが、自由な校風と一流デザイナーの手によるお洒落《しゃれ》な制服が人気のいわゆるブランド校。新設の私立だけに授業料は相当高いらしく、生徒の大半は良いところの子女のようだ。

学校駐車場の来客用スペースにヨタハチを駐《と》め、校内の様子をうかがっていたところで午前中の授業終了を告げるチャイムが鳴り響いた。静かだった校舎がにわかにざわめき出す。ちょうどいい、昼休みなら話もしやすいだろう。事務窓口に向かい保護者代理と名乗って担任教師を呼び出してもらった。

案内された応接室で待つこと数分、ノックに続いてジャージ姿の体格のいい青年が入ってきた。

「お待たせしました。五十嵐くんの保護者の方ですね？　私、担任の矢野《やの》と申します」

青年は微笑《ほほえ》みとともに快活にあいさつした。

「歩の保護者代理で、東雲といいます」

「しののめさん、ですか。夜明けとかあけぼのといった意味ですよね。変わった名字だな……失礼ですが、ご出身は？」

「代々東京生まれです。ただ、先祖は尾張《おわり》の方の出身だとは聞いていますが」

「ほう、なるほど……あ、いや失礼。私、国語教師でして、そうした言葉の意味や出典に興味があるもので、つい……」

一見体育教師のように見えたが国語教師だったか……。二十五歳前後でおそらく独身。教師になって数年といったところだろう。なかなか好印象の青年ではある。

「五十嵐くんについてのお話ということですが、どういったお話でしょうか」

俺の対面に腰を下ろした矢野に、俺は単刀直入に切り出した。

「実は、このところ歩の帰りが遅いそうでして。親ともあまり口をきかないということで、両親も非常に心配しているんです」

「五十嵐くんが……そうですか」

「それで、学校での態度といいますか、普段の様子を聞いてくるように仰せつかりましてね。なにしろ歩の両親は多忙ですから」

「存じております。ええと、そうですね……普段の五十嵐くんは、明るくて人見知りをしない、元気な生徒ですよ。出席も良好ですし、成績もまあまあといったところですか」

「特に問題はないと……？」

「う〜ん、そうですねぇ。親御さんが心配なさるような問題は特に……」

これを聞いて俺は内心拍子抜けした。学校という表層しか見えていない教師の言うことではあるが、やはり五十嵐歩に問題はないようだ。少しは骨の折れる調査を期待していたんだがな……。

「しかし、ご両親は帰宅時間が遅いと言っています。それについて心当たりは？」

「学校を出てからのことまでは把握していませんが、私が知る範囲、五十嵐くんが非行に走っている様子は……」

言いながら矢野は、歩の行動を思い返すように首を巡らせたが、その動きがふと止まった。

「なにか？」

訊ねると、矢野は眉根《まゆね》を寄せ、声のトーンを落とした。

「あ、いや……確かに五十嵐くんは、明るくて元気の良い生徒だと思います。ですが、もしかすると交友関係に少々問題があるかも」

「交友関係……？」

「ええ。素行のよくない生徒はどこにでもいるものですが、そういった生徒と彼女が交友関係にないとも言えない」

「非行ということですか？」

「いえ、ハッキリ非行だとは言いません。なにをもって非行というのか、その区別も曖昧《あいまい》ですしね……ただ、彼女があまり好ましくない連中と仲が良いのも事実です」

矢野は腕を組み、ひとつ大きく溜息をついた。

「社会のルールに適合できず、堕落していく人間は大人《おとな》にも多い。学校もひとつの社会ですから、そういった脱落組の存在は仕方ないことかも知れませんが……腹立たしいのは、そういった脱落組が他の者の足を引っ張るということです。自分だけ堕落するのではなく、真面目《まじめ》にがんばっている者も道連れにしようとする。腐ったリンゴはその周りのリンゴまで腐らせてしまう。取り除かなければいけないんですよ」

腕組みをして下を向いているのでその表情までは読み取れないが、矢野は必要以上に熱っぽく語っていた。が、俺には単なるロマンチストの妄想のように思えてならなかった。

こうした熱血教師は、ともすると危険分子になる。

「あっ……失礼しました。つい興奮してしまって。態度の悪い生徒にはずいぶん手を焼かされているものですから」

見つめていた俺に気づき、矢野は照れ笑いを浮かべた。

「いえいえ。先生は本当に熱心な方なんですね」

「いや、お恥ずかしい限りです」

「ともあれ、歩がそういった連中とつき合っているということですか」

「ええ、残念ながら。もちろん交際があるからといって非行に走るとは限らないのですが、好ましくないのは確かです。五十嵐くんの帰りが遅いのは、恐らくそういった交友関係の影響でしょう」

「なるほど、分かりました」

「私からもそれとなく注意してみますが、まさか友達をやめろとは言えませんし……」

「そりゃそうですな」

俺は短く答え、立ちあがった。

「あまり長居するのもご迷惑でしょうし、そろそろ失礼させていただきます」

「あ……もう、よろしいのですか？」

「ええ、お忙しいところお話をお聞かせいただき、ありがとうございました」

「いえ、こちらこそ、わざわざご足労いただきまして」

「それでは、失礼いたします」

矢野に軽く頭を下げ、俺は清和学園を後にした。

◇　◇　◇

　あとは五十嵐歩本人を尾行、交友関係をチェックすべきだが、それは放課後を待たなければなるまい。それまでどう時間をつぶすか。そんな風に考えていたところで電話が鳴った。

『もしもし……東雲くんの携帯電話でしょうか？』

　上品そうな女の声が、おずおずと訊ねた。

「鞠絵か？」

　俺の返事に、女性の声が少しホッとした感じになる。

『あ、よかった、東雲くんね？　どうしたの？　すごい久しぶり……』

「ああ、十年ぶり……くらいか？」

『やだ、もうそんなに経《た》つのね』

「光陰矢のごとしってやつさ。お互い三十路《みそじ》を超えて……」

『やぁだ、歳《とし》の話はしないでよぉ』

「ははは、すまんすまん。……ところで、折り入って話があるんだが」

『話？』

　俺は鞠絵に探偵という身分を明かし、ある人物について調査をしているので協力してもらいたいと告げた。「話がある」というだけでは本題に入った時、相手は面食らう。しかし「誰」と特定すると、あれこれ話す内容を予測してしまってストレートな答えを引き出せなくなる。微妙な情報の加減がより良い話を聞き出すポイントなのだ。

『東雲くんが探偵かぁ……その仕事始めてもう長いの？』

「ああ。池袋に事務所を構えてボチボチやってるよ」

『へえ、すごいなぁ……いいわ、協力する。でも、できれば私の家でお願いしたいのだけど……』

「むろんＯＫだ。車だから、十五分もあれば着くと思う」

『はい、お待ちしています』

鞠絵は快く応じてくれた。

他人に対して鞠絵は常に気持ちよく接してくれる。高校の頃からそうだ。俺はあの頃、鞠絵に淡い恋心を抱いていた。周りから見ると、やんちゃな小僧が世話焼きの姉に対して頭が上がらないといった構図だったかもしれない。そんな懐かしい思いにとらわれる間もなく、車はめざす住所に着いてしまった。鞠絵の嫁ぎ先、沢渡《さわたり》邸である。

家を見て俺は正直、面食らい、住所表示と表札と手元のメモを何度か見直した。それほどの大豪邸だったのだ。鞠絵が政治家の娘だったことを思い知らされた。結婚相手もよほどの資産家なのだろう。

門の横のインターフォンを押す。

『どうぞ、お待ちしてました』

鞠絵の清らかな声とともに自動制御の堂々とした門扉《もんぴ》が開いた。天然芝の上に敷かれた石畳を踏みしめて玄関へと向かうと、笑顔の鞠絵が迎えてくれた。

「いらっしゃい、東雲くん。本当に久しぶり……」

「あ、ああ……」

俺は思わず言葉を失い、かつての級友に見とれてしまった。高校卒業から流れた十年を超える年月は、どこか甘酸っぱそうな憧《あこが》れの美少女を、落ち着いた色香をまとった美人へと成熟させていた。

通された応接室のゴージャスなソファに座り、薫り高い紅茶を味わいながらひとしきり思い出話に花を咲かせると、俺はおもむろに依頼の件を切り出した。

「実は、調査に協力してもらいたいというのは、他でもない、君の妹さんに関することなんだが……」

「え？　歩の？」

俺は谷田氏の依頼をざっと要約して鞠絵に伝えた。

「いやだ、お父さんったら……ひと言私に相談すればいいのに」

俺は額を拭き拭き話していた谷田氏の真剣な表情を思い出して鞠絵に告げた。

「いや、これは五十嵐氏の取り決めというわけではなく、谷田氏や周りの思惑《おもわく》が絡んだ政治的な措置だと思うよ」

「ああ、谷田さん……あの人、すごい心配性だから」

鞠絵はそう言うとコロコロと上品に笑った。

「ふふふ、歩は大丈夫よ。だから東雲くんの仕事も、もう終わり」

「え？　どういうことだ？」

「あの子、放課後になると、たいていここに遊びに来るの。泊まってくこともあるわ」

「なるほど……じゃあ、教師から聞いた非行っぽい仲間っていうのは？」

「それはその先生の主観でしょ？　妹はここに友達を連れてくることもあるけど、どの子もみんないい子よ。……ただね、どの子もそれなりにいろんな問題を抱えてる」

鞠絵の顔がフッと翳《かげ》った。

「問題？」

「うん。やっぱり一番多いのは家庭問題かな。こんな時代だから……。精一杯カッコつけてみせてるけど、みんな心は寂しいのよ。そのギャップが教師にはワルのように映ってしまう……」

「なるほどな。今も昔も変わらないということか」

「……歩は私と同じような問題を抱えている。ほら、親がパワフルでしょ？　そのくせ家には全然いないから、育ち方がゆがんじゃうのよねぇ」

「鞠絵もゆがんでいたのか？」

「すっごいゆがんでいたわよ。分かんなかった？」

「高校の頃？　分からなかったな。鞠絵は優等生だったじゃないか」

「それがゆがんでた証拠。本当の私は優等生なんかじゃないもの。ゆがめてゆがめて優等生を演じていたってわけ。最近、ようやくそのことに気づいてきたの」

「ふむ……非行に走ることの反対に曲がってしまったってことか」

「非行には自分というものがあるでしょ？　自分を認めてほしくて社会に反発する。でも、優等生は自分を殺しちゃうのね。自分が認められないから、本当の自分を殺して優等生を演じる……。歩には、同じ間違いを犯してほしくないの」

「なるほど……」

「妹ぐらいの年頃には、心の奥底を分かち合える友達や相談相手が必要よ。歩はそれを求めて私のところへ来るのね。だから、あの子が非行でもなんでもないことは私が保証するわ」

鞠絵はきっぱりと言い、冷めてしまった紅茶を飲み干した。俺はそんな鞠絵の横顔に、高校の時には見たことのなかったような強さを感じた。

「……自分が優等生だってことに気づいたのは最近だという話だが、なにか心の変化でもあったのか？」

俺が訊ねると鞠絵は驚いたような目で俺を見、ついで慌てて目をそらせた。

「あ……あらあら、紅茶、なくなってしまったわね。おかわり持ってきましょう……それとも、コーヒーにする？」

ティーセットの盆《ぼん》を持ってパタパタとキッチンへ消えた。

人はほとんど本能的に心の暗部を隠そうとする。単なる嘘《うそ》やごまかしなら罪はない。それどころか、ちょっとした秘密や駆け引きは人生を豊かにする要素ですらある。が、悪質なものになると、詐欺《さぎ》や殺人といった犯罪にまで発展する可能性がある。探偵を長年やっていると、悲しくも、嘘やごまかしを見抜く目が鋭くなってしまう。

鞠絵は、明らかに人に言えない秘密を持っている。

そのことに触れるべきか否か。……人によっては触れられるとひどい拒絶反応を示す場合がある。人によっては触れた方が心の重荷が軽くなる場合もある。

ガシャーン！

ガラスが砕ける音がキッチンの方から響いてきた。いってみるとさっき盆にのせられていたティーカップやソーサーが、床の上で粉々に割れていた。

「鞠絵……俺がやる」

かけらを拾おうとしていた鞠絵を制し、俺はしゃがんで片づけ始めた。

「東雲くん……ごめんなさい。私、どうしたらいいのか分からなくて……」

ふり返ると、鞠絵ははらはらと涙をこぼしていた。俺は割れたカップはそのままに、とりあえず鞠絵を手近の椅子《いす》に座らせた。心の秘密を、鞠絵は自ら語り出した。

「電話で東雲くんが探偵だと知ってからずっと、どうしても確かめてもらいたかったの」

「旦那《だんな》のことか？」

「どうして分かったの？」

鞠絵は目を丸くして俺を見た。

「会ってから一度も、旦那や結婚生活のことに触れてないからな。なにかあると思ってった」

そう言うと鞠絵ははにかんで小さく笑った。

「さすが探偵さん……その通りよ。……結婚してもう四年にもなるんだけど、この結婚は親同士が決めた政略結婚……。結婚前から愛なんてひとかけらもないわ。夫は毎晩他の女と遊んでいるみたい。なのに私はこの大きな家の中に閉じ込められて……。つくづく自分が優等生を演じていたんだなって気づいたの……」

誰にも相談できなかったのだろう、心の奥から言葉をひとつひとつ吐き出すようにしゃべり、鞠絵は口をつぐんだ。

「俺に確かめてほしいって言ったのは……旦那の浮気調査か？」

鞠絵はなにかを確認するかのようにゆっくりうなずく。

「それを元に離婚を迫ろうってわけか？」

「……ううん、そこまで考えるわけじゃない。ただ、これまでないがしろにしてきたことを、ひとつひとつ確認していきたいの」

「知ることで傷つくこともある。人生が大きく変わってしまうこともあるぞ」

念を押すと、鞠絵は明るい笑顔を俺に向けた。

「優等生は、もう卒業したいの」

◇　◇　◇

「あ、あ、あああっ……う、くぅぅ……っ!!」

夜気が冷たい静かな公園に、女のよがり声が響く。

子供用の小さなジャングルジムにつかまる女に後ろからハメているのが鞠絵の夫、沢渡真司《しんじ》。よがって腰をふっているのは園村亜子《そのむらあこ》、沢渡の会社のＯＬだ。

鞠絵に話を聞いた後、俺はすぐに沢渡が勤める大東亜《だいとうあ》総合貿易におもむいた。歩の調査も完了させたかったが、鞠絵から真相を聞いていたのでそれは後回しでもいいと判断したのだ。

谷田氏との約束は一週間。歩本人に会い、友人関係をチェックしてもなお余りある。それより俺は、思い悩む鞠絵の心を軽くしてあげたかった。

沢渡の調査は簡単だった。社屋の外で張っていると、六時の定時きっかりに沢渡と園村亜子がつるむように出てきたのだ。尾行をすると、ふたりは洒落たレストランで食事をし、次いで高級クラブに移って浴びるように酒を飲んだ。そこは『ブルーシャトー』という紹介制のクラブだったのだが、応対に出てきたホステスに身分を明かし、なんとか口説いて入れてもらったのだ。

ちょっと田舎出の雰囲気を残す美紗子《みさこ》というそのホステスは、どうやら園村亜子に恨みがましいところがあるようで、沢渡と園村の様々な情報を教えてくれた。美紗子によるとふたりは会社内でも噂《うわさ》の熱々カップルのようだった。沢渡に鞠絵という奥さんがいることは、ほとんどの人が知らないようだ。その上、園村亜子は、クラブ『ブルーシャトー』の元ホステスだったというのだ。亜子を気に入った沢渡が引き抜き、会社に推薦入社させたらしい。美紗子はそのへんに恨みを抱いているようだ。

それにしても、親の七光りなのか本当に仕事ができるのかどうかは知らないが、沢渡という男、なかなか大したエリートだ。

「あ、あ……ああ……っ！」

視界をさえぎる物がほとんどない児童公園のほぼ中央で、沢渡真司と園村亜子は獣のように交わっている。『ブルーシャトー』を出たふたりはもつれ合うようにホテル街をさまよい、空き部屋の表示があったにも関わらず、この公園に着くと猛烈にキスをし始め、互いの秘所を舐《な》め合い、コトに及んだのだった。

三月――――。一番厳しい寒さは通りすぎたとはいえ、まだまだ凍えるこの季節に、亜子は白い尻《しり》を丸出しにしている。公園の周りには街灯がチラホラあり、沢渡が腰を大きくグラインドさせる度、亜子の濡れた太腿の内側がキラキラと光を反射させていた。

俺は身を隠しているやぶの中からカメラの望遠レンズを向けた。

「あ、ああんっ……！　あっ、あはっ…ああ……っ!!」

人目にさらされるかもしれないという不安が肉体の感度を高めるのか、はだけた亜子の肌が紅潮しているのがハッキリ分かる。その紅潮した白い尻肉をつかみ、沢渡がぬらぬらと光る肉棒を激しく突き入れている。子宮を突き上げられる度、ブラウスからははだけた乳房が重そうに揺れる。わずかに泡立った白い粘液が、亜子の太腿を淫靡《いんび》に濡らし伝っていく。

「あくぅっ…い、いい……あ、はぁぁっ……!!」

一心に腰を叩きつける沢渡と、その勢いに髪をふり乱

す園村。ふたりの行為には不倫という意識や後ろめたさなど微塵《みじん》もない。ふたりを見ている俺の方が、鞠絵に対する申し訳なさを感じたほどだった。俺は獣性を剥《む》き出《だ》しにしてからみ合うふたりにピントを合わせ、断続的にシャッターを切った。

「う、あ……も、もっと……もっとぉ!!」

沢渡が亜子の腰に手を回し、さらに腰のピッチを速めた。ジャングルジムをつかむ亜子の両腕がガクガクと震える。腰と臀部《でんぶ》がぶつかる音に濡れた音が混じり、夜の公園に響いている。

「あ、あああっ、あはぁぁ……っっ!!」

悲鳴にも似た絶叫をあげ、亜子が上体を反《そ》らせ、ビクビクと全身を痙攣《けいれん》させた。

「あ、あ、あ……」

一気に脱力し、ずるずると崩れ落ちていく亜子の身体《からだ》を沢渡が抱え起こす。

「ホラ、飲め」

亜子の蜜壺《みつつぼ》でドロドロに蜜をまとった肉棒を、沢渡は亜子のかわいらしい顔に押しつけた。熱い陰茎が頬《ほお》に触れると、亜子は口を大きく開け、夢中になってその肉棒をしごく。

「う……くッ……!」

「あはぁ〜っ!!」

肉棒の先から飛び散った白濁液は亜子の口をはずれ、鼻や頬やおでこにしずくをまき散らした。亜子の指が粘つくそれをかき集め、むさぼるように口に運んだ。

「うぐ……むはっ……あぅあぅ……」

「しゃぶれ。キレイにしろ」

沢渡は発射したばかりのまだ熱い陰茎を、亜子の小さな口に押し込んだ。

「うぐぅっ！」

亜子は器用に舌を使い、沢渡のペニスに絡みついた自分の淫汁を舐め取っていく。

「どうだ、うまいか？」

「あふぅ……おいしい……」

「じゃあ、もっとうまいモンをやろう……」

「あは……お菓子……お菓子……」

亜子の半開きの口から哀願が洩れる。沢渡は、セロファンに包まれたクッキーのようなものをポケットからつかみ出すと、ひとつを半分に割って自分も食べ、半かけをまだ白い液が垂《た》れる亜子のピンク色の唇に押し込んだ。

コトが終わって菓子を食うなど、高校生カップルでもあるまいに、変わっている……。

「うああっ！　あっ、ああ……いい……いいよぉ～っ……！」

背後で再び亜子の嬌声《きょうせい》が上がった。二ラウンド目の始まりというわけか。沢渡の性癖にはどうもついていけないところがある……そう思いながら俺は夜の公園を後にした。

第二章　クッキー

その日、俺《おれ》は朝から不機嫌だった。

煙草《たばこ》を何本も灰にしながら報告書を作成し、瞳くんが事務所に来る頃《ころ》には自分でコーヒーを淹《い》れて窓の外を見ていた。

「おはようございます！　……昨日報告していただいた案件ですか？」

瞳くんはデスクに置かれていた報告書をチラリと見て言った。大東亜貿易から沢渡を尾行する前、鞠絵から新しい仕事を受けたことは瞳くんに報告してあった。

「もう報告書ができてるんですね。さすが先生……」

言いかけて瞳くんは言葉を飲んだ。俺が不機嫌なのに気がついたのだろう。

俺はいったん考え込むと次の行動ができないタチだ。天啓があるまでいつまでも考えてしまう。調査結果は出た。が、それを鞠絵に伝えるべきかどうかで悩んでいるのだ。

晶のように刑事になれば良かったか……。いつもの迷いが現れる。世の中から悪人どもを一掃したい。が、警察という組織行動でなくもっと人の身近で行動したい。そんな思いで探偵を選んだ。しかしその実情は浮気調査がもっぱらで、浮気の事実を突き止めて報告することが苦痛でならなかった。大概の浮気の場合、どちらが悪かも分からないし、報告した結果が吉とならない場合が多いのだ。だから俺は基本的に浮気調査は受けないことにしていた。今回、久しぶりに引き受けたのは、鞠絵のたっての頼みだったからだ。しかし受けたのはいいが、結局同じ悩みに直面している。

今回のケースでは、明らかに沢渡が悪だ。鞠絵を四年もないがしろにして亭主然としていたのだ。鞠絵の心の孤独を思うと腹が立って仕方がない。鞠絵には事実を伝えるべきなのだろうが、それを伝えることに俺は恐れをなしているのだ。

高校の頃の鞠絵は気丈な女の子だったが、写真という事実を突きつけられれば、大きく心が傷つくに違いない。人生も大きく変わるだろう。その引き金を俺が引いてもいいのだろうか？　人の人生に大きく踏み込む時は、慎重にならざるを得ない。

「先生、コーヒーをどうぞ……」

思いあぐねる俺を見かねたのか、瞳くんがコーヒーを持ってきてくれた。

「ああ、すまない……」

時計の針はいつの間にか午後を回っていた。

『優等生は、もう卒業したいの』

コーヒーを飲んでいると、鞠絵の言葉が脳裏に蘇《よみがえ》った。

彼女は新しい人生に踏み出そうとしている。これがそのきっかけになるのかもしれない。

それなら……。俺はデスクの受話器をつかみ、鞠絵に電話をかけた。

◇

◇

◇

沢渡邸に着いた俺を鞠絵は応接室に案内したが、俺は『落ち着くから』と言ってキッチンのテーブルに座った。格式ばった応接室より、キッチンテーブルの方が実際落ち着くし、鞠絵との距離も近い。

テーブルの上に報告書の入った封筒を差し出すと、彼女はやや身を固くした。

予定をはるかに短縮しての結果報告だ。それが意味することは、鞠絵もどうやら察して覚悟を決めているらしい。が、封筒には手を伸ばさない。俺は見かねて、ゆっくり口火を切った。

「……結論から言うと、ご主人は浮気をしていたよ。相手は、同じ会社の部下である園村亜子という二十九歳の女だ」

「二十九……」

「沢渡氏と園村の関係は社内でも公然の秘密になっているそうだ。俺が実際尾行した時も特に人目をはばかる様子は見られなかった」

鞠絵は封を開けていない報告書をじっと見つめている。

「ふたりは毎夜のように一緒に食事にいき、クラブに飲みにいくことも度々あるようだ」

俺はできるだけ間を取りながら、調査で得られた情報を説明していく。

「さて……浮気の現場写真が撮《と》れたよ。見るか？」

鞠絵の顔は蒼《あお》ざめていたが、それでも力強くうなずいた。ためらったのは俺の方だ。し

第二章　クッキー

かし、鞠絵が希望している以上、見せねばなるまい。心の迷いをふり払い、俺はスーツの内ポケットから取り出した写真をテーブルの上に広げた。

「……っ⁉」

さすがに鞠絵の表情が変わった。

「これって……外？」

「ああ、夜の公園だ。クラブで飲んだ後、ふたりはもつれるように歩き、ホテルには入らず公園で始めたというわけだ」

「そんな……」

獣のように絡み合う沢渡と亜子の写真は、どれも明確に浮気の事実を露呈させている。

鞠絵は言葉を失い、唇を小さくわななかせながら写真と俺を交互に見据《みす》えた。顔が、気の毒なほど蒼白《そうはく》になってゆく。

「俺の報告はここまでだ。ご主人の浮気がハッキリしたんで、これ以後の調査は打ち切りにしようと思う」

「……そう……ね」

半ば放心したような状態で、鞠絵はかすかにつぶやいた。

「大丈夫か、鞠絵？　……我慢することはない。ここは鞠絵の家だし、俺だって赤の他人というわけじゃない。無理に感情を押し殺す必要など……」

その時、玄関のチャイムが鳴った。鞠絵は微動だにしない。

「もしかして、ご主人か？」

「ううん、きっと歩だわ。もう放課後ですもの」

間をおいてもう一度チャイムが鳴る。

「さ、元気出さなくちゃ！　歩にはこんな顔見せられないもんね」

そう言って鞠絵は立ち上がった。顔にはほがらかな笑みが戻っている。が、キッチンを出ていきがけに真面目《まじめ》な顔でふり向いて言った。

「東雲くん……ありがとう」

さすがに鞠絵は気丈だった。心の中は傷ついているのだろうに、結局ひと言も弱音を吐かなかった。妹の存在が助けになったのだろうか？　いずれにせよ、俺の心配も取り越し苦労だったというわけだ。多分鞠絵はこれからもタフに生きていってくれるだろう。

「お姉ちゃんの同窓生？　……ええッ、探偵さん～!?」

廊下からにぎやかな声が響いてきた。いよいよもうひとつの依頼の当人、五十嵐歩とご対面だ。

「東雲くん、紹介するわ。私《わたし》の妹、五十嵐歩よ」

キッチンに入ってきた鞠絵が後ろをふり示して言った。髪があちこちにハネた、活発そうな女の子がピョコンと顔を出した。写真で見るより明るくほがらかな感じだ。

つをした。

「東雲武士です。よろしく」

相手が高校生だからといって礼儀を欠いては失礼だ。俺は立ち上がってキチンとあいさつをした。

「こんにちはーっ」

「うわ、カッコイイ……」

「ふふ、歩ったら」

「だぁって、だって！　探偵さんなんて間近で見るの、初めてなんだもん」

気負いのない素直な態度……鞠絵が言う通り、歩には非行のかけらも見受けられなかった。谷田氏の依頼に対しては、頃合いをみて報告書を作成し、提出すればいいだろう。

「ねえ、東雲くん？　よかったら、一緒にご飯食べない？」

「ん？」

「だって、久しぶりに会ったのに、私たち、ゆっくりお話もしてないじゃない」

鞠絵の態度が必要以上に明るく思えてしまうのは気のせいだろうか。いずれにせよ、鞠絵が抱えている問題は大きい。彼女の心配事を少しでも軽減し、癒《いや》すことができれば……。

そう思った俺は、彼女の提案を受け入れた。

「そうだな……この近くに美味《うま》い中華料理屋があるんだ。久しぶりの再会を祝して、今日は俺がおごろう」

「え、いいの？」

「もちろん。君も、ぜひ一緒に」

俺は歩にもニッと笑いかけた。

「私も？　い、いいよ。久しぶりの再会なんでしょ？　私は遠慮する」

「いや、ちょっと探偵として君に聞きたいことがあるんだ。頼むよ」

歩の調査のためではない。俺の頭には晶の依頼が引っ掛かっていた。高校生にはびこる麻薬ルート……歩が知っているとは思えないが、何人か友人を紹介してもらえれば、後はイモヅル式に調べを進めることができる。

「てへ、探偵さんに頼まれたんじゃ断れないよね。お姉ちゃん、歩もいっていいの？」

「あんまりはしゃがないでね」

「やたっ！　中華っ、中華っ！」

歩はどうやら中華に目がないようだ。面白いほど素直に表情を変える歩に、俺は顔が緩むのを隠せなかった。先日見た夢に出てきた天使に似ていなくもない。俺をどこかに導いてくれるのだろうか？　少なくとも、鞠絵にとっての守護天使には違いない。

「よし、決まった。それじゃいくか」

俺は鞠絵と顔を見合わせて笑うと、キッチンを出て玄関へと向かった。

◇　◇　◇

鞠絵たちと食事をした次の日の午後、俺は少し早めに待ち合わせの場所へと足を向けていた。歩たちが放課後になると寄るという池袋の『ミス・ドーナッチョ』。

パステルカラーで統一された店内で、女子高生たちが思い思いのおしゃべりに花を咲かせている。俺は肩身の狭い思いをしながら店の隅でコーヒーを飲んでいた。

「あ、タケさま！」

すっとんきょうな声に顔をあげると、満面に笑みを浮かべた歩が手をふって駆け寄ってきた。

「なんだ、そのタケさまってのは？」

「へへ、いいでしょ？　探偵さんじゃ他人行儀だし、しののめさんってのも言いにくいんだもん。しののの……」

「やあ。すまないな、わざわざ」

俺は歩をシカトして、その後ろで笑っていた同じ制服の女の子にあいさつした。

「こちらこそ、ずいぶんお待たせしちゃったでしょ？」

髪を茶色に染めた、勝気な感じの女の子だ。歩よりも垢抜《あかぬ》けている印象がある。俺に向かって好奇心たっぷりな視線を送ってくる。

「西脇香奈恵《にしわきかなえ》です。香奈恵って呼んでね、探偵さん」

「俺は東雲武士、よろしく」

「きゃー、なんか超シブ～い！」

「でしょでしょ～⁉」

まったく人見知りをしない香奈恵という少女に、思わず笑みが洩《も》れる。

「じゃあ、早速で申し訳ないが……」

「ねえねえ、武士さんって呼んでいい？」

「え？　ああ、別に構わないが」

「やったね♪」

息つく暇もなく話し掛けてくる香奈恵に圧倒され、不覚にも話を切り出す機会をつかみ損ねてしまう。

「でもホントシブい～。なんか大人《おとな》の男って感じで……歩のお姉さんの知り合いなんだっけ？」

「そだよ～。高校の時の同級生なんだって」

「メチャカッコイイ！　あたしらの同級生にも、将来探偵なりたいって男の子、いっぱいいますよ。ね？」

「うんうん、三上くんとか岡くんとか……」

「ははは……」

「えーっと、歩から話は聞いてるよ。ドラッグについてだったよね？」

「あ、ああ」

唐突に話題を切り替える香奈恵のペースには、歩さえも押され気味だ。

「あたしなんかじゃちょっと分かんない話だから、もうひとり呼んでるんだけど……」

「もうひとり？」

「うん、あたしの彼氏。そろそろ来ると思うんだけど……」

「香奈恵くんは彼氏いるんだ」

「ま、いちおー。女子高生の必須《ひっす》アイテムだからね」

道理で歩より垢抜けているわけだ。非処女と処女の違いというところだろう。

「歩、負けてるじゃないか」

「か、勝ち負けの問題じゃないっしょ」

耳まで赤くなる歩。どうやらそのテの話は苦手のようだ。

「フフフ、歩ってば意外とオクテなんですよ。隠れファンは多いんだけどね～」

と、店の入り口のドアが勢いよく開き、茶髪にピアスの派手な男子生徒が入ってきた。

「あ、来た来た！　卓《すぐる》ぅ～、こっちこっち！」

香奈恵が手をふると、男の子は不思議そうな顔をして近づいてきた。

「えっと……どちらさん？」

「こちら探偵の武士さん。んで、コレがあたしの彼氏、的場卓《まとば》」

「え、探偵？　なになに、どういうこと？　びっくりカメラ？」

香奈恵の大雑把な紹介で混乱している卓に、歩が説明を加えた。

「的場君、タケさまはある調査の最中で、的場君に教えてほしいことがあるそうなの」

「本職の探偵さんが俺なんかに？　へぇ……ま、よく分かんないけど、ヨロシクっす」

見た目とは裏腹に気のよさそうな青年に、俺も笑顔で応《こた》える。

「東雲武士だ。よろしく」

「へぇ、東雲さんっていうんですか。なんかシブいっすね～」

「ね、ね、シブいでしょ？」

興味津々な顔つきで、香奈恵とまったく同じ反応を返してくる的場。香奈恵とはお似合いのカップルのようだ。

「それで武士さん、俺に教えてほしいコトってのは？」

ようやく本題に入れることになり、俺はひと息ついて話し始めた。

「……最近、新手のドラッグが学生を中心に広がり始めているらしい。しかも高校生自身が中継ぎしてルートを拡大してるというんだ。単なる噂《うわさ》かも知れないが、噂と決めるには真実味がある話でね。ほら、学校っていうのは案外閉鎖的なところだろ？　本来は子供たちを守るためなんだろうけど……」

「うんうん、中で悪いコトしてたら見つからないってことだよね」

香奈恵は呑《の》み込《こ》みが早い。

「ある事情で、そのドラッグに関する情報を集めているところなんだ。学生のことは学生に訊《き》くのが一番。そう思って歩に相談したというわけだ。どんなドラッグがどういうルートで出回っているのか……それを知りたい」

「へえ、ドラッグねえ……」

俺は卓がちょっと斜《しゃ》に構えて話を聞いているのに気がついた。多少なりと、なにか情報はあるようだ。だが、どこか俺を信用しきれずに値踏みしている部分があるのだろう。

「言っておくが、俺は探偵だ。調査はするが裁きを下すつもりはない。君の口から出た情報も単なる情報として扱い、君とは切り離して考える。つまり、情報源に関して俺は一切口を割らないってことだ。もし君が俺を信用しないのなら話す必要もない」

「あ、いやいや、信用してますよ！　協力もします！」

卓は慌てて否定した。なかなか可愛《かわい》げのある奴《やつ》だ。

「でもやっぱ、ダチの名前出すのはちょっと気がひけるなって……」

「友達が関係しているのか⁉」

俺は卓がつぶやいたひと言に飛びついた。

「あ、え、ええ……ドラッグなら、悪ぶってるダチの間じゃよく聞く話っすけど……」

「くわしく教えてくれ。新手のドラッグってのは、どんなのが出回ってるんだ？」

「あ、えーと……俺自身はドラッグには興味ないんすよ。あんなの、まともな人間がやるモンじゃないって、香奈恵ともよく話しているんです。な？」

「うん……武士さん、卓の友達に何人かそれっぽい人がいるってだけで、卓は直接関係ないと思うよ」

……失敗した。勢い込んで訊いてしまったため、卓も香奈恵も防衛本能が働いてしまったようだ。

「すまん、こんなに早く有力なネタに近づけるとは思ってなかったので、つい興奮した。だが、さっきも言った通り俺は裁く人間じゃない。どこにどんなルートがあるか……その情報だけをつかめればいいんだ」

汗をかきながら説明し、俺は煙草を取り出して火をつけた。

「卓くんも吸うかい？」

「ははは っ！　俺は吸わないっすよ、高校生っすから」

ようやく卓の顔に笑みが戻った。

「でも、新手のドラッグって言われても、俺には正直ピンとこないんすよね～。ダチの間では、アレはどーの、コレはどーのって話は耳にするんですけど。なんだか相当に種類が多いみたいで……」

「ドラッグに興味がないのは良いことだ。逆にあまり詳しく知っているのも困る」

「はは、そうっすよね」

頭を掻《か》きながら気持ちのいい笑顔を見せる卓。香奈恵も歩も笑っている。

三人とも見た目はちょっと派手めだが、実際に話してみると受け答えも意外にしっかりしているし、考え方もキチンとしている。歩の交友関係に、担任教師が言っていたほどの問題はなさそうだ。

「あ、そーいえば……アイツがこの間、なんだか言っていたなあ……」

卓がなにかを思いついたように、急に考え込んだ。必死に記憶の糸をたぐっているのか、腕組みをして首をひねっている卓。

「アイツって？　林《はやし》くん？」

思い出す手助けをしようというのか、香奈恵が卓の顔をのぞき込む。

「そう、林が……あ、そうそう、思い出した！　なんかお菓子みたいなドラッグが流行《はや》ってるって、確かそう言ってましたよ！」

「お菓子？」

「ええ……そうそう、『クッキー』って呼んでるそうです。値段が安くて、手軽に食べられて、そのくせ強烈にトリップできるって……間違いないっす！」

「クッキー……」

『打つ』とか『吸う』が主流のドラッグが、おやつ感覚で気軽に『食べられる』。ドラッグらしからぬその形態が高校生に受け、浸透したのだろう。ともすれば、教師の前ですら平気で食べることもできるのだ。

「その友達は実際に使っていたのかな？」

「う〜ん、そこまではちょっと……そういうのは、あからさまに訊かないのが俺らの暗黙の了解になってるんで」

「なるほどね」

「でも、多分使ったことあるんじゃないかな。値段とか手に入れる方法とか、詳しく知ってましたから」

「……林くんと言ったね。よければ彼の連絡先を教えてくれないかな？　直接会って話を聞きたい」

申し出ると卓はちょっと考え込んだ。

「……あの、よかったら、俺から訊いときますけど？」

「え？」

「いつ学校に来るか分からないヤツなんで、学校で訊けるかどうかは分かりませんけど。どっちみち連中がダベってる場所は想像つきますんで、俺から訊いておきます」

「そうだな……そうしてくれるか？」

俺は卓の真意を読み取り、素直に応じた。この年頃は友人同士の結束力が固い。いくら俺が探偵だといっても、さすがに友達を売るような感覚があったのだろう。それに、俺のような大人が尋ねるよりも、友人である卓に訊いてもらった方がはるかに情報を引き出しやすい。

卓は俺に人なつっこい笑みを向けた。

「お安いご用ですよ、武士さん。林とはいつも会ってるんだし、本職の探偵さんの役に立てるなんて、俺も嬉《うれ》しいっすから」

「ありがとう。本当に助かるよ」

俺は卓に深々と頭を下げて礼を言った。

「わわっ、そんな頭下げないで下さいよ」

慌てて俺を制する卓。どうもこの子たちは大人に礼を尽くされると恐縮してしまうらしい。普段からよほど大人に子供扱いされているのだろうか？

「えっと……じゃあ、武士さんのケイタイ、教えといてください。明日中には訊いておきますから、放課後……そうだな、六時ぐらいには連絡入れますよ」

「分かった、じゃあ明日の夕方六時に」

俺は懐から名刺入れを取り出し、卓に一枚差し出した。

「お、スゲ、探偵の名刺だ。カッチョいいなあ……」

「あ～、いいないいな！　私も、私も！」

歩と香奈恵が同時に手を出す。俺は笑いながらふたりにも名刺を手渡した。

「いや、本当に助かったよ。正直な話、こんなに早く有力な情報がつかめるとは思っていなかった。みんなのおかげだ。感謝する」

俺はもう一度、三人が恐縮しない程度に頭を下げた。

「へへっ、たいしたことないっすよ。なあ？」

「そうそう、あんまりおだてないで。卓はお調子者だから、すぐ図に乗っちゃうから」

照れ臭そうに笑う卓に、香奈恵と歩も笑いかけている。いい仲間のようだ。

「よし、俺のおごりだ。好きなものを頼んでいいぞ」

「ラッキー☆」

「ほんとっすか？　やったぁー！」

「じゃあ、歩、ケーキケーキ！」

「卓、なににするぅ？　あたしこれにするから、あんた、他のものにしなよ」

気のいい三人組に紅茶とケーキをごちそうした後、俺は翌日に気を馳《は》せながら事務所へと戻った。

◇　◇　◇

翌日の午後七時、俺は池袋の待ち合わせスポット、「イケ福郎《ぶくろう》くん」の前にいた。名に似合わずまったくイケてない、貧相なフクロウの彫像だ。

的場卓からは六時きっかりに電話連絡があったのだが、彼が話を聞こうとした林という友人が、ぜひ俺に会いたいと言ったというのだ。卓のように単に探偵への憧《あこが》れなのか、警察の捜査と勘違いしてこちらの動向を探ろうというのか、その腹づもりは不明だが、とにかく俺は会って話すことを承知した。

雑踏の中で待つこと数分、卓の明るい笑顔が人波を割って現れた。

「すいません、遅くなっちゃって……待ちました？」

「いや、大丈夫だ。それで……林くんは？」

俺が訊《たず》ねると卓は背後に向き直って手招きした。人ごみの中から静かに現れたのはロンゲに茶髪、いかにもイマドキの若者といった風の青年だった。確かにそういう方面に詳しそうな雰囲気だ。林は俺の前まで来ると軽く頭を下げた。

「あ、ども。林です」

にこやかに微笑《ほほえ》みながら手を差し出す林。俺は軽く手を握り返す。

「東雲だ。よろしく」

「ヨロシクっす。あ～、なんだか感激っすよ。俺、小さい頃から探偵って職業に憧れてたんですよ。ＴＶでも、探偵ものばっかり見てましたからね。モノホンの探偵に会えるなんて、思ってもみなかった」

　卓と同じようなことを言う。

「ははは、将来、君自身が探偵になればいい」

「え、俺が……っすか？　今からじゃ遅くないですか？」

「俺が探偵になることを決めたのは、大学卒業の頃だったよ。なんなら、俺が仕込んでやってもいい」

「マジっすか？　俺なんかが、探偵……？」

「やったな、おい。俺も卒業したら、武士さんのところに弟子入りしちゃおうかな」

　卓に肩を叩《たた》かれて、林は目を輝かせている。将来ある若者という感じで微笑ましかった。

「さてと……物騒な話だから、立ち話ってわけにもいかないな」

　俺はふたりを手近の喫茶店にいざなった。

「腹が減っているなら、なんでも頼んでくれて結構だ」

「わ、ありがとうございますっ！　でも、俺はコーヒーだけでいいっすよ。特に腹へってないから……林は？」

「俺も……あ、でも、せっかくだから、なにか食わせてもらおうかな……」

「そうだよ、食っとけ食っとけ。……武士さん、こいつはね、高校生ながらバイトで生活費稼いで、池袋のこの近くでひとり暮ししてんですよ。なにか食わせてやってください」

「ほぅ……いいとも、じゃんじゃん食ってくれ。メシ代もバカにならないだろうからな」

「あ、すんません。じゃあ……」

　そう言って林は卓とじゃれ合いながらメニューを吟味している。なるほど、林も見た目ほどやさぐれた青年ではないようだ。

　よく『イマドキの若者が考えることは分からん』という大人がいるが、若者に今も昔もない。感受性の鋭い若者は、社会の曲がった部分に対して不満や疑問を抱きやすい。その不満や疑問に懸命に対処し意思を表明しようとするあがきを、大概の大人は理解できずに『分からん』と切り捨ててしまう。社会はどんどん変わり、価値観も変化している。大人が自分の若かった頃の価値観で見れば、それは各世代、まったく異なっているものだ。

　懸命に自己表明をしようとしている若者には、大人の側から歩み寄り、手を差し伸べてやらなくては。それこそが大人なやり方だと思うのだが……。

「で、ドラッグに関する情報なんだが……」

　ひと通り食事が済むと、俺は本題を切り出した。

「ええ。実は、俺の知り合いで手を出してる奴がいるんですよ……」

　林はありふれた日常を語るように淡々と話を始めた。

「どうも、駅前のマシキヨ前でブツの取り引きが行われているみたいなんですよね」

「マシキヨ？」

「あ、ほら、チェーンのドラッグストアですよ」

俺が聞き直すと、卓が横から口を挟んで軽口を叩いた。

「へへ、ドラッグストア前でドラッグの取り引きか。シャレてらァ」

「でね……実はここに一個あるんですよ」

俺と卓は思わず息を呑んだ。林はポケットをまさぐり、透明なセロファンで包まれたクッキーのような物をひと粒、テーブルの上に静かに置いた。

「これが『クッキー』です」

確かに市販のクッキーとほとんど見分けがつかない。俺はそのドラッグをまじまじと見つめた。どこかで見た憶《おぼ》えがある……。

「……その知り合いから『お前もやってみろ』って一個もらったんですが、どうにもやる気が起きなくて……これまでずっと持っていたんです。構わんですから、持ってってください」

「……知り合いの名前は？」

林は眉根《まゆね》を寄せてうつむいた。卓が俺と林を交互にみやり、小声で呼びかけて林の答えをうながしたが、林はのろのろと顔をあげ、目をそらして口ごもった。

「え～、それはちょっと……勘弁してください」

「ま、そうだろうな……分かるよ。安心してくれ。俺は君を問い詰めないし、今後、君の名前がどこかに流れることもない。秘密厳守にかけてはプロだからね。この約束は絶対だ」

そう言うと、林はほっとした表情になった。

俺は懐から何枚かの紙幣《しへい》を取り出し、卓の手に握らせた。

「いや、とても助かったよ。これはほんの気持ちだ。なにか美味いものでも食べてくれ」

「ちょ、ちょっと武士さん⁉　こんなの受け取れないっすよ」

探偵の通例として、情報には一定の謝礼を支払うことになっている。俺としては当然の行為だったのだが、卓は慌ててその紙幣を返してきた。林も目を丸くして首をふっている。

「そんなことしないでくださいよ」

探偵としては当然でも、ふたりには考えられないことだったのかも知れない。確かに突然だったのは配慮が足りなかった。動揺するふたりに俺は、謝礼は業界の常識であることを説明した。

「でも俺たち、別に金が欲しくてやったわけじゃないっすから。メシもおごってもらいましたし……」

「それに……金なんか貰《もら》ったら悪い事してるような気がします」

やはり探偵業は裏の世界なのか。情報を売ることは、若いふたりにとってはなんとなく後ろめたい気持ちがあるのだろう。この場合は特にブツを売る雰囲気もあるから、ことさら金は受け取りにくいのかもしれない。

「そうか……いや、すまんことをした」

俺は出した紙幣を財布にしまい、軽く頭を下げた。

「そ、そんな、やめてくださいよっ」

「困りますって」

手を大きくふってあたふたとする卓。周囲の人目を気にする林。この連中が礼を尽くすと恐縮するということを忘れていた。俺はあまり目立たないようにすぐ頭を上げた。

「俺、武士さんの役に立てたのなら、それで充分っすよ」

「探偵の仕事に関《かか》われたドキドキだけで満足っすから」

卓と林は困ったような嬉しいような複雑な表情をうかべている。

「ああ……ふたりとも、時間を取らせて悪かったな」

「気にしないでください。どうせ暇してるんすから」

「またなにか知りたかったら連絡してください。なんでも協力しますよ」

喫茶店を出るとふたりは軽く頭を下げ、俺の前から去っていった。

俺は〝ゆき〟に向かおうとして、その途中、林の言っていたマシキヨの前を通ってみた。

が、すでに夜も遅い時間になっていて、店はもう閉まり、人通りもまばらだった。クッキーの取り引きが行われているのは、おそらく昼間だろう。日中、このあたりは人波でごった返す。その人ごみにまぎれてでの取り引きなら誰《だれ》も気づかないだろうし、万一見つかっても、群衆の中に逃げ込むのは容易だ。

明日あたり、日がな一日、張り込んでみようか……。

◇　◇　◇

「あ、武士さん、いらっしゃい」

〝ゆき〟のドアを開けると、真由紀がすかさず声をかけてきた。

「やあ」

あいさつを返しながら店内をサッと視認する。

いた。

先日見かけた哀《かな》しげな表情の女。

林から渡されたクッキーを見て、俺は彼女がバッグから同じ物を取り落としたことを思い出したのだ。市販のクッキーは数あれど、セロファンに包まれているのはそう多くない。しかもあの時の女の慌てよう……彼女が持っていた物はドラッグに違いないとあたりをつけて、俺は〝ゆき〟にやってきたのだ。

俺は真由紀に目配せし、女を刺激しないよう静かに隣の席に近づいた。

気配に気づき、女がそっと顔を上げる。相変わらず暗い目をした不思議な女に、俺は軽く微笑を向けた。

「また会いましたね……隣、よろしいですか」

「………」

女は答えなかったが、特に拒絶している風でもない。俺はそっと隣の席に腰を下ろした。

真由紀が俺の前にいつものバーボンのロックグラスを持ってきた。俺はそれを受け取り、女に特に話しかけることもなく、静かにグラスを傾ける。そんな俺の様子を気にしながら、彼女もまたカクテルグラスを静かに傾けている。

まるで見えない壁が存在しているかのように、黙って並んでいるだけのふたり。

焦る必要はない。無理に話そうとすれば、また先日のように逃げ帰られてしまう……。

ビル・エバンスのリリカルなピアノが店内をしっとり包んでいる。

お互いに無言のまま数分が経過した後、半分ほど空いたグラスをカウンターに置いて女が静かに口を開いた。

「どうして……どうして私を気になさるんですか」

うつむいたまま告げ、再び口を閉ざす。

「じゃあ、あなたはなぜ、今日ここに？」

「え……？」

「私がミストレスと親しく話していたのはあなたも見ていたはず。ここに来れば、常連の私と会う可能性が高いことは分かっていたはずです」

「それは……」

言葉に詰まってしまった彼女に、俺は彼女のバッグからこぼれ落ちた例のドラッグと同じ形状のクッキーを差し出した。

「……っ!!」

それを見た途端、彼女の表情が驚きと恐怖に凍りついた。

「……あなたは……いったい……」

「やはりあなたは、この『クッキー』というドラッグについて、なにかご存知なんですね？」

「…………」

「ご心配なく。私は警察の人間じゃないし、あなたに害を為《な》すつもりもありません。もしかしたら、あなたの力になれるかも知れない。そう思って今日、私はここに来たのです。よかったら、話していただけませんか？　もちろん無理にとは言いませんが」

「…………」

女はじっとうつむいたまま、手にしたカクテルグラスを見つめている。

俺はそのまま彼女が口を開くのを待った。

果たして彼女は俺を信用してくれるだろうか。いきなり信用しろという方が無理な話なのかも知れない。だが、否定しようと思えばできるはず。席を立とうと思えばできるはず。それをどちらもしない彼女はきっと、誰かに救いを求めているのだと、俺には思えた。

……長い静寂が訪れる。時間の経過も分からなくなるほどの静けさ。

ロックグラスの中で溶けた氷が軽やかな音を奏でると、鮮やかな色合いを残すカクテルグラスを見据えたまま、女がゆっくりと口を開いた。

「……私……そのドラッグを……広めているんです」

「広めて？」

「はい」

自分の気持ちに踏ん切りをつけるつもりだろうか。そこまで告げると、彼女は残っていたカクテルをひと息に飲み干した。

「このクッキーは、高校生を中心に広がっていると言われていますが、あなたが学生たちにこれを売っている……そういうことですか？」

「……いいえ」

俺の問いに、女は哀しげに首をふった。

「私が広める相手は、もっと上です」

「上？　社会人ということですか？」

「……そうです。二十歳から三十歳ぐらいまでの……若い社会人です」

ひとつひとつの返答が本当に辛《つら》そうだ。ドラッグを広めるという自分の行為に明らかな罪悪感を感じながらも、なんらかの理由でそれを止《や》めることができない。そんな苦しい心情が見え隠れする。

「社会人を相手にこれを売っているんですか？」

「……いいえ。売っているわけではありません。でも……広めているんです」

「え……おっしゃる意味がよく分からない……タダで配っているということですか？」

「…………」

彼女は言葉を詰まらせ、再びうつむいてしまった。

焦ってはダメだ。彼女の心を読み、慎重に聞き出していかなくては……。

「……しかし、どうしてドラッグの流通を？　まさか自分から始めたわけではないでしょう？　ドラッグの流通と言っても、実際には仕入れや流通ルートの開拓など、すべて人と人のつながりだ。決して簡単なことじゃない。……失礼な言い方かも知れませんが、それをあなたがひとりで取り仕切っているとは思えません。お見受けしたところ、あなたは自ら進んでドラッグの流通に手を染めるような人間じゃない。誰かに頼まれて、心ならずも手を貸している。そうではありませんか？」

ゆっくり、女のプレッシャーにならないように話したつもりだったが、それでも気詰まりを感じたのか、彼女は震える右手を軽く挙げ、真由紀におかわりをオーダーした。俺もそれが出てくるまで口を閉ざす。

新しいカクテルが来ると、女は口をつぐんだまま流し込むようにそれを飲み干した。さらに手を挙げておかわりを注文する。真由紀が俺に向かって目配せしてきた。俺が来る前から飲んでいたのだから、もう相当グラスを重ねているはずだ。

「ふっ……ふふふっ……」

唐突に、女は噛《か》み殺《ころ》したような笑みを洩らし始めた。

「うぅ……ふ……うぅぅ……う、う、うぅ……」

自らを嘲《あざけ》るようなその笑いに涙が混じる。彼女は片手で両目を覆い隠し、そのまま声を殺して笑いながら泣いた。

「武士さん？」

さすがに心配したらしく、真由紀が声をかけてくる。

「すまん、大丈夫だ」

俺は片手で真由紀を制し、女の背に手をまわした。

「……すみません」

少しして、彼女はなんとか落ち着いたらしく、小さな声で詫《わ》びた。それからハンカチで目元を拭《ぬぐ》ったかと思うと、まだ半分以上残っていたグラスを一気に飲み干した。

「あまり無茶な飲み方をしては……」

「男の人です」

「え？」

唐突な答え。一瞬なんのことか判断できなくなる。が、すぐにそれが先の質問に対する答だと分かった。

男に頼まれてドラッグの流通にひと役買っている、ということなのだろう。ドラッグが違法なことは承知している。罪悪感も感じている。それでも、その男のために……。きっとそんなところだろう。

「分かってるんです。ただ使われているだけなんだって……自分がしていることが、許されないことなんだって……」

小さなドラッグを手にとり、虚《うつ》ろな視線を注ぐ。

「私のせいで……人生をダメにした人がいることも！」

女は俺のグラスに手を伸ばし、制する間もなくほぼ満杯だったバーボンを一気にあけた。

「お、おいおい……」

空になったグラスを乱暴に置くと、彼女はそのまま崩れるようにカウンターに突っ伏した。そしてそのまま、うわごとのように繰り返す。

「でも……ダメなんです……ダメ……なんです……」

「武士さん……」

真由紀が洗い物の手を止めて近づいてきた。さすがに真由紀に申し訳がない。だいぶ酒も入ってしまったようだし、このへんで切り上げた方が良さそうだ。俺は軽く溜息《ためいき》をつき、カウンターに伏せてしまった彼女に呼びかけた。

「今日は、このぐらいで止《や》めにしましょう。話の続きはまた次回ということにして……」

が、ぴくりとも反応がない。まさかと思いつつ、肩を揺らしてみる。

「すー、すー」

極端なオーバーペースが祟《たた》ったらしく、女は完全に酔いつぶれてしまっている。

「まいったな。タクシーを呼んだところで、どこまで送ってやればいいか分からないし」

もっと早く酒を止めておくべきだった。経験上、こうなってしまうと数時間は目を覚まさない。かといって、俺の責任でもある以上は放っておくわけにもいかない。

「……仕方がない、事務所のベッドで寝てもらうとしよう」

「え？　武士さんが連れていかれるんですか？」

「事務所ならおぶってでも連れていけるだろう。やれやれ、久しぶりにソファで寝ることになるな」

「大丈夫ですか？　なんなら私の部屋に」

「いや、こうなったのも俺の責任だからな。真由紀に迷惑をかけるわけにはいかんよ」

「そうですか……」

心配そうな真由紀に支払いを済ませ、眠りこけている女を背中に担ぐ。

「本当に気を付けて下さいね」

「ああ、ありがとう。迷惑かけて済まなかったな」

出入口のドアを開けてくれた真由紀に軽く笑みを返し、俺は事務所へと向かった。

◇　　◇　　◇

「ふぁ……」

ブラインドから朝の淡い光が白く差し込んでいる。

俺はその隙間《すきま》から、朝日を浴びて輝く池袋の街をのぞき見て、この朝すでに六本目の煙草に火をつけた。奥のシャワールームから、あの女がシャワーを使う水音が響

いてくる。素性の知れない女が数メートルと離れていない場所で裸でいると思うと、なぜか無性に落ち着かなかった。

昨夜、女を個室のベッドに寝かせると、俺は事務所のソファで横になった。が、女のことを考えるとなかなか寝つけず、まんじりともしないまま朝を迎えてしまったのだ。仕方なくコーヒーを淹れていると、女が起き出してきた。彼女は昨夜の非を詫びると、シャワーを使いたいと言い出した。さもありなんと思って使わせたのだったが、どうにも落ち着かない。

と、水音が止まり、かすかな衣擦《きぬず》れの音がして、個室と事務所を隔てるドアが遠慮がちに開けられた。

「あ、あの……どうもありがとうございました」

きちんと服は着ているが、肩にタオルを羽織り濡れた髪が服を湿らすのを防いでいる。湯気とボディソープのやわらかい香りが、乾いた事務所に広がった。

「ああ、どうも。シャキッとしました？」

「あ、はい……シャワーを浴びてたら、私、まだ名乗ってもいないことに気づきました。申し遅れました。槙村恵《まきむらめぐみ》といいます」

「槙村、恵さんね。……あ、俺も名乗ってなかったな。東雲武士です。この事務所で探偵をやってます」

俺はデスクから名刺を取り上げ、恵に近づいて渡した。

「東雲探偵事務所……探偵さん？」

恵はポカンとした顔で、名刺と俺の顔を何度も繰り返し眺めた。

「熱いコーヒーでも飲みますか？　とりあえず、そこのソファに座ってください」

「あ、は、はい……」

コーヒーを淹れて持ってくると、女はまだ多少身を固くしてソファに腰を下ろしていた。

自然な笑顔を心がけながら俺も彼女の正面に座る。

「あの……昨晩は、すみませんでした」

「つぶれたの、憶えているの？」

「記憶はないんですけど……そうなのかなって……」

「ははは、そうですよ。俺が恵さんをおぶってここまで連れてきたんだ」

「え……」

「なぁに、大した距離じゃない。〝ゆき〟からここは、ほんの数百メートルですよ」

「本当にすみません……私、暴れたりしませんでした？」

「暴れましたよぉ。大暴れしてサンシャインに登れだの、寿司《すし》食わせろだの、暴言吐きまくり……」

冗談で答えると、彼女も控え目だが笑顔を見せてくれた。

「ふふ、まさか……」

どうやら多少は落ち着いてくれたようだ。本来なら昨日の話の続きを聞かせてもらうところなんだが……ここは焦らずもう少し様子を見ることにするか。と、思った矢先——

「あの、東雲さん」

再び神妙な顔つきに戻ってしまった。

「はい？」

「昨晩の話ですけど……その……力になって下さるって……あの、本当ですか？」

「ええ、本当ですよ」

「信じて……いいの？」

不安と怯《おび》えに呑み込まれそうなその瞳《ひとみ》……まつげが細かく震えていた。俺は恵の顔を正面からを見据え、強くうなずいてみせる。

「もちろん。こう見えても探偵の端くれ。探偵は人の窮地《きゅうち》を救う仕事と心得てます。できる限り、君の力になるよ」

「…………」

恵は目を伏せてしまった。なにかまだ考えあぐねているようだ。

「恵さん」

「あの……少し寝室を貸してください」

「え……あ、どうぞ……」

拍子抜けした俺に軽く頭を下げ、恵は再び俺の自室へと入っていった。

なにか荷物を取りにいったのか、それとも帰るための身支度か。……くそ、もどかしい。

もう少しで恵の信頼をかち得ることができると思ったのに……。

恵はなかなか出てこない。気持ちを落ち着けようと火をつけた煙草が、あっという間に半分になる。まさか二度寝しているということはあるまい。

『東雲さん』

事務所と自室を仕切る扉の向こうから、俺を呼ぶか細い声が聞こえてきた。

「どうしました？」

何気なくドアを開けると、そこに一糸まとわぬ全裸の恵が、手を広げて立っていた。

「私を見て……」

「め、恵さん⁉　ちょ、ちょっと待った！　ま、まずは服を着て……」

床に落ちていた服を拾おうとした俺に、恵は抱きついてきた。まだ濡れている髪からほのかな香りが立ちのぼる。上気した女の匂《にお》い。もちっとした恵の白い肌。俺に触れるやわらかな弾力……。視覚と嗅覚《きゅうかく》をくすぐる思わぬ刺激に、俺の頭の中に薄い靄《もや》が立ちこめてきた。

「東雲さん、見て……」

彼女は今にも泣きそうな目で俺を見上げる。その手に、小さなかけらが乗せられていた。

「こ、これは⁉」

それは紛れもなく例のドラッグ、クッキーだった。

「私……こうやってドラッグを広めているんです」

驚きを隠せない俺に対し、恵は寂しげな微笑みを見せて俺から体を離した。

「恵さん、あなたは……」

彼女は我が身を生け贄《いにえ》にしてドラッグを流通させていたのだ。

ドラッグとセックスの相性は言葉にできないほどいいと聞く。ドラッグ服用後のセックスを知ってしまった者は、あっという間にそれなしでは満足できない身体《からだ》になってしまうそうだ。彼女は主に社会人を相手にしていると言った。性欲のはけ口として彼女を求めてきた男たちに、こうしてドラッグの味を覚えさせていくというのか。愛した男のために。

利用されていると悟っていながら、それでも……。

「私の身体は汚れているんです……何人もの男性を受け入れ、そして堕落させてきた……汚い……身体なんです」

瞳一杯に涙を浮かべ、恵は自分の体をかき抱いた。俺は彼女の細い両肩をつかんで強く引き寄せ、ハッキリと彼女の言葉を否定した。

「それは違う。君は汚れてなんかいない」

「汚いわ……汚いのッ！」

恵は身をこわばらせ、かたくなに自分を卑下した。俺は思わず彼女の頬《ほお》を平手ではたく。

「自分をバカにするのはやめろっ！　強く生きるんだ！」

恵は頬に手をあて、俺の顔をまじまじと見た。そして声をあげて泣き、俺の胸にしがみついてきた。濡れた髪を撫《な》でてやり、裸の背に手をあてる。やせた背中……ずいぶん心労を重ねてきたのだろう。なんとか保ってきた緊張の糸がプッツリと切れ、恵は今、人生の膿《うみ》を絞り出すかのように泣いていた。俺は恵をベッドにいざなって腰を下ろし、楽な体勢で思うさま泣かせてやった。

どんなに悲しくても、どんなに辛くても、涙はいつか止まる。恵の泣き声も次第に小さくなり、しゃくりあげていた肩の震えもおさまってきた。

「んっ……!?」

その行動は予想もしていなかった。顔をあげた恵が、そのやわらかい唇で、俺の口をふさいだのだ。あたたかい舌が、口内に滑り込んでくる。引き離そうとしたが、強い力で押し戻された。

「ん……ふぅっ……」

恵の熱い吐息が頬をくすぐり、俺は覚悟を決めた。

ゆっくりと舌を絡ませ、優しく吸い寄せる。唇を重ねたまま、折れそうなほど細い腰に手を回す。急な曲線を描く腰を下へと辿《たど》り、張りのある丸い丘に手を伸ばした。

「んふっ……！」

小ぶりだが形のいいヒップを撫でると、恵は急に脱力したように腰から崩れた。そのまま恵をベッドに押し倒す。

「あ……」

ベッドに倒れ込み、かすれるような吐息を洩らす恵。俺は倒れてもなお張りのある恵の膨らみにそっと手を伸ばし、柔らかく揉《も》みしだいた。

「ん……」

華奢《きゃしゃ》な身体に似合わず大きく張り出した双丘は、押しつぶそうとする俺の手を健気《けなげ》に押し返してくる。柔らかく、そして固い……ゴムまりのような感触。

俺は再び自分の唇を重ね、さらに柔らかな膨らみを愛撫《あいぶ》する。少しずつ火照りを増していく恵の身体。膨らみの先端が次第に固さを増す。白く透き通った双丘の頂上に、固く立ち上がった桜色の突起。肌の白さと桃色のコントラストはこの上なく卑猥《ひわい》で、視覚を通して男の本能を強烈に煽《あお》り立てる。

「ん……あ……っ！」

俺はピンク色の先端にしゃぶりついた。ねっとりと唾液《だえき》を絡ませながら舌先で転がす。唇をすぼめて吸い上げ、前歯を擦《こす》り付《つ》けて刺激する。舌で弾《はじ》かれた反動でぷるぷると揺れる乳首。その度に恵の腰が小さく跳ね上がり、きれいなお椀型《わんがた》の双丘がゆらゆらと揺れる。

乳首をもてあそびながら、乳房をてのひらで包み込むように揉む。さらに空いている手を少しずつ滑らかな下半身へと這《は》い下《お》ろしていった。やがて指先にざらざらと固い手触り。

「は……あぁ……」

少しずつ黒い芝をかき分けていく指先が、やがてその場所に辿り着いた。

「んっ……！」

くちゅっと湿った水音。熱いしずくをたたえた恵の泉。

「はあぁぁ……っ！」

幾重にも重なる襞《ひだ》を押しのけ、俺の指が泉の中心に沈む。じっとりと湿り気を帯びた泉は優しくそれを受け入れ、指先に熱っぽくまとわりついてきた。

「はぁ、はぁぁ……き……きて……」

恵が潤んだ目をあげ、俺に訴えかけてきた。

ズボンを脱ぐのももどかしい。俺はジッパーを下げて熱く張りきった肉棒を取り出すと、しとどに濡れそぼった秘裂にそのまま押しつけた。くちゅっという淫《みだ》らな音と共に、張りつめた陰茎がずぶずぶと呑み込まれていく。

「くっ……」

いきなりぎゅうぎゅうと陰茎にからみついてくる恵の肉襞。その締めつけに抵抗しなが

ら、ゆっくりと恵の中に俺の分身を沈み込ませていく。

「あ……ああ……！　う……く」

根元まで突き刺して腰をぴったり押しつけると、俺はいったん休んで先端にあたる子宮のやわらかさを味わった。そして、おもむろに腰を打ちつけ始める。

「あうッ！　はぁうッ……はああっ！」

恵の奥底からは熱い粘液が次々と湧《わ》き出《だ》し、肉襞の一枚一枚をなめらかに濡らし、俺の肉茎にからみつき、ジュプジュプくちゃくちゃといやらしい音をたてる。

「はぁ、はぁぁ……っ」

俺はうす紅に染まり色っぽく揺れる乳房へと手を這わせた。

「あっ……！」

痛そうなほど勃起《ぼっき》した乳首に触れた途端、恵は小さな悲鳴をあげた。きれいな流線を保ったまま、腰の動きに合わせて揺れる双丘。細い身体には不似合いなほど発達した膨らみが揺れる様は、俺の視覚を問答無用で責め立ててくる。

わずかに残った理性の抵抗など意にも介さず、本能的に打ち付ける腰の動きが加速していく。

「あ、あっ、ああ……うっ、うぅ……っ……」

もはや加減など考えていられない。加速度的に激しさを増していく律動に、恵の喘《あえ》ぎも大きくなっていった。

「くぁぁ……あぁっ!!」

細く締まった太股《ふともも》を持ち上げ、大きく口を開いた秘裂を見下ろす。いまや秘裂はパックリと口を開き、出入りを繰り返す肉棒を完全に咥《くわ》え込《こ》んでいる。じゅぷじゅぷと音を立てて肉棒が動く度、白く泡立った愛液が飛沫《しぶき》となって飛び散っていく。泡立った愛液をまとって濡れ光る肉棒が、幾度も幾度も恵の秘唇を割って奥へと侵入していく。ぶつかり合うふたつの性器。これ以上ないほど淫猥《いんわい》な光景……。

「うっ、あはぁぁ……っ！　う、うぅ……うあぁぁ……っっ!!」

俺の腰の動きに、恵もまた狂ったように自らの腰をふる。俺の直線的な動きに対して、まわすような回転的な動き。ふたつの動きは複雑に絡み合い、お互いの性器のあらゆるポイントに快楽の華を咲かせている。

「あっ、あぁぁ……あふぅ…っ……あ、あぐっ……!!」

先に達したのは恵だった。

腰をのけぞらせてわなないていたが、ついに自分の身体を支えることができなくなり、ベッドにうつ伏せに倒れ込んでしまった。

「はぁ……はぁぁ……あ、くぅぅ……っ……！」

それでも俺の腰の動きは止まらない。ぐったりしている恵を後ろから抱き起こし、やわらかい尻肉《しりにく》をつかんでぱっくり開いた紅い秘洞に、何度も何度も俺の武器を突き立てた。

「あぐぅぅ……っっ‼」

一度は果てた恵の膣《ちつ》が、再び力をともない、俺を締めつけ始めた。俺も律動を速める。破裂しそうなほど膨れ上がったカリは抽送《ちゅうそう》の度にごりごりと肉壁をえぐり、襞を強引に薙《な》ぎ払《はら》っていく。

「あっ、はぁぁぁ……っっ‼　も、もうっ……だ……めぇぇ……っっっ‼」

ついに臨界点を超えたのか、哀願するような悲鳴と前後して恵の身体が痙攣《けいれん》を始めた。

その瞬間、ぷしゅっという水音と共に肉壺《にくつぼ》が沸騰《ふっとう》した。あたりに飛び散る熱いしずく。

「はぁっ！　あぁぁぁン……っ‼　も、もう、もう……っっっ!!!」

「くっ……い、イクぞっ！」

熱い肉壺から引き抜いたペニスの先から、たぎり立った欲望が勢いよく吐き出された。

「あぁぁぁ……」

とめどなく暴発を繰り返す欲情の塊《かたまり》が、恵の白い背中にぼたぼたと降り注いでいく。

「あ、あっ……い……」

恵はびくんびくんと何度もその身を痙攣させ、そのままベッドに崩れ落ちてしまった。

俺の頭の中も真っ白だった。

「はぁ……はぁ……はぁ……」

ゆっくりと大きな呼吸を繰り返す恵。その隣に俺もぐったりと横たわる。すると恵がこちらに顔を向け、ニコと笑った。

自分がしていることの罪の意識に壊れかけ、心を閉ざしていた女が、初めて笑顔を見せたのだ。俺はどこか無性に安心を感じ、そのままふたりして、深い眠りへと落ちていった。


……コンコン……コンコン。

ふと聞こえてきたノックの音に、俺はゆっくりと目を開け、身体を起こした。

朝の十時。

「……しまった！」

慌ててベッドをふり返る。が、そこに恵の姿はなかった。乱れたシーツに手をあてると、彼女が寝ていた場所はすっかり冷たくなっていた。ずいぶん前に出ていったらしい……。

思えば、彼女の連絡先すら聞いていない。しくじった。もしかすると、もう二度と会えないかもしれない……。

相変わらずドアをノックする音が聞こえる。

「瞳くんか？」

「おはようございます、先生。コーヒー、入ってますよ」

「ああ、すぐそっちにいく」

しかし考えてみれば危ないところだった。もし恵がいたまま瞳くんが入ってきていたら……恐ろしい考えをふり捨て、俺は手早く着替えを済ませた。

「おはよう、瞳くん」

「はい、おはようございます。あらぁ？　顔色が良くないですよ。お疲れですか？」

「ああ。まあな」

「あんまり無理なさらないでくださいね。調査の方も、ご自分でばかりなさらないで、たまには私にもふってください」

淹れたてのコーヒーを差し出し、心配そうに俺の顔を覗《のぞ》き込《こ》んでくる瞳くん。

「ふふ……なんだ、瞳くんは調査は苦手じゃなかったのか？」

「でも、手が足りないようならやらなくちゃ……今は案件を三つも抱えてるんですよね」

「いや、ふたつはほとんど終わったよ。残るひとつも、だいたい先は見えてる」

「そうですか？　ならいいけど……」

心なしか残念そうだ。事務員として雇った瞳くんだが、ここのところは探偵のいろはも仕込んでいる最中だ。力を試したいのだろう。その内、仕事をふってやらなければ。

コーヒーの香りに、徐々に頭が冴《さ》えてくる。

槙村恵……男とドラッグの地獄から、しっかり脱け出せればいいんだが……。

◇　◇　◇

夕刻のマシキヨ前。

あたりは傾いた太陽の残照に包まれて、腐りかけのオレンジのような濁った色合いに染まってきた。

池袋の駅前にして信号前の一等地。店の周囲は買い物客や通行人、待ち合わせをする人、信号待ちをする人でごった返している。その人波を、近くにヨタハチを止めて監視すること数時間。さすがに目が疲れた。

林の言っていたことが真実なら、この場所でクッキーの取り引きが行われているはずだ。人があふれるこの時間、密売をするにはぴったりの時刻だと思うのだが、今のところ怪しい素振りをする者は見かけていない。

高校生か、それぐらいの年頃の、おそらく悪ぶった印象の……。何人かそれらしい若者を見かけるが、それぞれ立ち止まることなく店に入っていくか通り過ぎるかしている。

と、その時。

「ん？　あいつは……」

情報をくれた林当人だった。

もしかして、また新しい情報があるかもしれない。俺は車を降りてマシキヨ前に向った。

人波をかきわけて近づくと、林は誰かと話している様子だ。彼の背中の陰となり、相手の姿はよく見えない。そうこうするうちに、その相手は立ち去っていった。

その男……人ごみに紛れてはっきりと姿は見えなかったが、ポケットになにかを押し込むような仕草が見て取れた。ただポケットに手を入れただけかもしれないのだが……。

「林ぃ！」

呼びかけると、林はちょっとびくっとしたような顔をしてふり向いた。

「あ、武士さん」

俺が笑いながら近づくと、林も薄く笑みを返してきた。

「こんなところでどうしたんですか？」

「こんなところって……君がくれた情報じゃないか。張り込みだよ、張り込み」

「ああ、ご苦労様です。なんか収穫はありました？」

「ダメだ。今日のところはなにもない」

「そっすか……確かにここだって聞いたんすけどね。場所変えたのかなぁ？」

心なしか、林の目つきが、先日卓と一緒だった時と比べて冷たい光を宿しているように見えた。

「君こそ、こんなところでなにしてたんだ？」

「俺は……家が、この近くだから……」

「ああ、池袋に住んでるって言ってたな……ところで、なにか新しいネタはないかな？」

「さあ、特に……ま、なんかあったら連絡しますよ。じゃ、俺はこれで」

そう言うと林は立ち去りかけた。が、ふり向いて、

「あの、武士さん……」

「なんだ？」

「あ、えっと……捜査、がんばってください」

はにかんで笑い、群衆の中に溶けるように消えていった。

その後も張り込みを続けたが、俺は林のことが気になって仕方がなかった。

その日は結局、なんの収穫も得られずに終わった。

第三章　影なき殺人者

夕暮れの雑踏の中で林に会った日から数日間、俺《おれ》は瞳くんが請《う》けてくれた別件の仕事で忙しく、ドラッグがらみの捜査をする時間が取れなかった。ようやくひと段落つき、再びマシキヨ前に張り込みに出かけようとしていた土曜の昼、卓から連絡があった。会って話をしたいという。そこで、以前歩たちと待ち合わせをしたドーナツショップで落ち合うことにした。

相変わらず落ち着かない店内でコーヒーをすすっていると、卓が軽く手を上げて近づいてきた。だが、その顔にいつもの人なつっこい笑顔がない。

「ちあっす、武士さん」

「どうした、元気ないな」

「ええ、ちょっと……」

卓は神妙な顔つきで俺の向かいの席に腰をかけた。

「そろそろ春休みなんじゃないか？」

「ええ、来週からっす。……それより武士さん。実は、話したいことってのは林のことなんすけど……」

『林』と聞いて俺は胸が騒いだ。が、努めて声に出さず、気軽に訊《き》き返す。

「おう、林がどうした？」

「あいつ、武士さんと話した日は嬉々《きき》としてたんだけど、その次の日は学校にメチャ遅刻してきたんすよ。なんだか青い顔してて、どうしたって訊いても答えやしない。そうかと思うと急に『俺は探偵になんかなれねぇ』なんて言い出したりして……とにかく様子がおかしかったんすよ。んで、その次の日から学校休んで、もうずっと出てきてないんです」

「ずっと？　あれからもう五日は経《た》つから、四日は休んでることになるぞ」

「ええ。仮病とかズル休みはしょっちゅうだったんで、最初は気にしなかったんすけど、いくらなんでも四日連続休んだってのは初めてで……一番気になるのはケータイに出ないってことなんですよ。これまでは二〜三回コールすれば必ず出ていたんですが、五〜六回コールした後、留守電になっちまうんですよ……」

「ふむ……」

「昨日と、さっきもここに来る前、林の家にいってみたんですが、家にいる気配もない。これだけ連絡取れないと、俺、心配になっちまって……。武士さん、もしかしてアイツ、なにかあったんじゃ……？」

　俺は、マシキヨ前で林を見かけて以来ひっかかっていた思いが、自分の中で確信に変わっていくのを感じた。おそらく卓も同じ思いなのだろう。

「卓、お前、どうして林になにかあったと思うんだ？」

「え、だってそれは……」

「言いにくいことかもしれんが、思っているところをズバッと言ってみてくれないか？」

俺が訊くと卓は眉根《まゆね》を寄せてうつむいていたが、やがて顔をあげ、真顔で言った。

「俺……林は、こないだアイツ自身がしゃべっていたドラッグに、なにか関係してるんじゃないかと思っているんです」

「やはりそうか。俺も同意見なんだ」

「え？　武士さん……」

「卓に林を紹介された翌日の夕方、俺はマシキヨ前で林に会ってるんだ。お前が学校で、アイツを挙動不審だと感じたのと同じように、俺もそこでアイツにひっかかるものを感じた。マシキヨ前でドラッグの取り引きが行われているというアイツの情報をもとに、俺は張り込みをしていたんだが、現れたのは林自身だった。しかもガラの悪い奴《やつ》になにか手渡して、俺が近づくとそそくさと去っていったんだ」

「それじゃ、なんで武士さんに情報を流したりしたんだ？　自分で自分を窮地《きゅうち》に追い詰めるようなもんじゃないすか」

「人はどうしたらいいか分からないような時、矛盾した行動をするもんだよ。連続殺人犯がわざと証拠を残したりするだろ？　あれもどうやら早く自分を止めてくれっていうサインらしいんだ」

「林も誰《だれ》かに止めてほしがっている……？」

「かもしれない。ま、仮定の仮定の話だ。林がドラッグに関《かか》わっていると決まったわけではないからな。しかし、いずれにせよ林が行方不明なのは気になる……。卓、林の家は池袋だって言ってたな？」

「ええ、ここから十分も離れてない場所っすよ」

「よし、いって調査してみるか」

「え？　武士さん、俺、そういうわけじゃ……」

卓は不安そうな顔をしている。俺はすぐにその理由を察知した。

「大丈夫だよ。卓から探偵料をもらおうとは思わない。共通の友人である人騒がせな林を心配して、ちょっと様子を見にいくだけさ」

卓のおでこを小突くと、卓はようやくクシャッと笑った。

「そうっすよね！　ホント、人騒がせな野郎ですよ」

卓の案内でドーナツ屋を出て裏路地を三、四回曲がると、そこは卒塔婆《そとば》が林立する墓地の脇《わき》の細道だった。池袋は墓場の多い街なのだ。ちょっと裏道に入ればたいてい墓場にぶつかる。繁華街の裏側は閑静でうらぶれた墓場。物事の裏表を明確に表している街なのだ。

「ところで、林はバイトで生活費を稼いでるって話だったが、なにをしているんだ？」

歩きながら俺は卓に訊《たず》ねた。

「それが……どこでどんな仕事してるんだとか、具体的に教えてもらったことないんすわ。ガッコいきながらのバイトの割りに羽振りよかったりするんすけど」

「彼女はいるのかな？」

「それも詳しくは知らないっす。いるにはいるらしいんですけど、なんか、だいぶ年上の女らしいっすよ」

「年上の女か」

「土曜の夜にしか会えないとか、そんなことグチってました」

「土曜の夜……ふむ、遊ばれてるだけなんじゃないのか？」

「なんかそんなカンジっすよね……あ、ここです。この二階の端が林の部屋っす」

白木作りのこぢんまりしたアパート。オーキッドハイツ。小道を挟んで隣が小学校の垣根になっている。集合ポストの表示を見ると、二〇五号室に林の表札があった。ポストの中はカラ。卓を伴ない二階へ上った。

とりあえず呼び鈴を押してみるが反応はない。ドアの上にある電気メーターを確認するが、ほとんど動いていない。

「とにかく入ってみるか……」

「入るって、どうやって？」

俺はコートのポケットから二本の針金を出して見せた。

「探偵の七つ道具のひとつ、ピッキングだ。よい子は真似《まね》しちゃダメだぞ」

目を丸くしている卓の前で俺はシリンダー錠に針金を突っ込み、ものの一分ほどで開錠してみせた。

「わお！　カッコイイぜ、武士さん」

「言っとくが不法侵入だからな。物にはなにひとつ手を触れるなよ」

「おす。了解っす」

扉を押し開いて中に入ると、ちょっとすえた匂《にお》いがしたが、人の気配はない。六畳にキッチンがついたこじゃれたワンルーム。物が少ないのか、高校生のひとり暮しにしては整頓《せいとん》されている印象がある。

「林はきれい好きなのか？」

「そうっすね、どっちかっていうと、なんでもキチンとしてなきゃ気が済まない方です」

ベッドに乱れもないため、いつ帰ってきたかの痕跡《こんせき》もはっきりしない。が、そんな中に妙に浮いているものがあった。紙製の小さなブックマッチ。こざっぱり片付いた部屋のテーブルに、無造作に放り出されていたのだ。HとMの文字を重ね合わせた印章が印刷されている。見覚えのあるマークなのだが……。

「武士さんっ！」

卓が悲鳴のような声を上げ、俺の思考もすっ飛んだ。

卓は部屋のひと隅を指して震えている。見ると、口のチャックが半開きになった黒いボストンバッグがあった。中には、セロファンで包まれたあのクッキーが、ぎっしり詰まっていた。

「こ、これってやっぱり、アイツが言ってたドラッグっすよね……」

「……ああ。林がバイヤーをやっていたことは間違いなさそうだ」

「ちくしょう、なんだってこんな……」

「これだけのブツを抱えているのに五日間音信不通というのはマズイな……。なんらかの事件に巻き込まれている可能性がある」

「ど、どうしよう、武士さん⁉」

「ひとまずここを出よう。こうなったら警察に任せるしか手はない」

「け、警察……？　武士さん、警察なんか呼んだら、林の奴が捕まっちまう」

卓は取り乱して俺の腕をつかんだ。その華奢《きゃしゃ》なまだ子供の手をそっと離し、俺は卓にゆっくり言い聞かせた。

「罪うんぬんより命の方が大事だろ？　安心しろ。警察には知り合いがいる。もし捕まっても俺が口添えして悪いようにはさせないから」

ようやく落ち着いた卓を連れて部屋を出る。アパートの前に立ち、晶に報告するのに電話を使うか直接池袋署にいくか思案していると、卓が再びすっとんきょうな声をあげた。

「たっ、武士さんッ‼　林が、近くにいるッ‼」

ケイタイのディスプレイを、俺に見えるように掲げている。そこには、林にコールしている状況が示されていた。林の安否を確認したくてかけてみたのだろう。

「近くにいるって、どういうことだ？」

「音、音！　どっかで着メロが鳴ってるっす！」

耳を澄ますと、確かにどこかからかすかな電子音が聞こえる。最新ヒット曲のメロディ。

「確かに林の着メロか？」

「きっと間違いないっす」

そう言って卓は一旦ケイタイを切る。どこかで鳴っていた着メロも止まった。すぐに卓はリダイアルした。

数秒のブランク。閑静な住宅街のかすかな状況音だけが耳に響く。と、またあの着メロが鳴り出した。

「間違いない」

「林ぃーっ！　どこだぁーっ⁉」

俺たちは音のする方向に走った。十五メートルほどのところで音がクリアになった。見まわすと、小学校のフェンスに人ひとりが通り抜けれるほどの穴が開いている。俺と卓は顔を見合わせ、その穴をくぐった。植え込みをかき分けて出ると、そこは校舎の裏側。ふだんは通る者もいないのだろう、ゴミが吹き溜《た》まった細い側道だった。

着メロが鳴り止《や》んだ。留守番電話になってしまったのだろう。卓が再びリダイアルする。

「あった！」

再び鳴り出したケイタイを、俺は落ち葉が堆積《たいせき》した木の陰に見つけた。後に証拠物件となるかもしれないのでハンカチでそっとつかみ、履歴やメールを調べてみた。五日前以降の着信はほとんどが卓からのもので、発信はされてなかった。メール履歴には、五日前の日付で1314と記されている。数字だけのメールを不思議に思って履歴を調べてみると、1002、1225など、一週間ごとに四桁《けた》の数字がメールされている。

「卓、この数字、どういう意味なんだろう？」

「え……さあ、分かんねっすよ」

ケイタイを卓に見せるためにふり返った俺の目に、イヤなものが飛び込んできた。

校舎の壁についた赤褐色の不自然なシミ……。近寄ってまじまじと見ると、どうやら血痕《けっこん》のようだった。見まわすと、周囲の土の上になにか重いものを引きずったような跡がある。

高鳴る鼓動を抑《おさ》え、俺は卓に向き直って言った。

「卓、今日はもう帰りなさい」

「え？　どうしてっすか？」

「あとで必ず連絡するから」

「イヤっすよ。林になにが起きたのか、ちゃんと確かめないと」

卓の目は必死だ。俺が隠そうとしていることを敏感に嗅《か》ぎ取《と》っている。

「よし……それならついて来い。なにも触るなよ」

なにかを引きずった跡を辿《たど》ると、それは広々とした校庭に続いていた。その先に高い壁で囲まれた施設が見えた。

「プールか……？」

白いペンキを塗った鉄扉が閉じられていたが、よく見ると蝶番《ちょうつがい》がはずれていた。

周囲を見まわす。土曜の午後らしく校庭に小学生の影はない。鉄扉の中に滑り込み、プールサイドへ続く階段を登った。

「ああっ⁉」

卓が口を押さえて立ちすくんだ。

濁ったプールの水面に、林の死体がうつ伏せで浮かんでいたのだ。

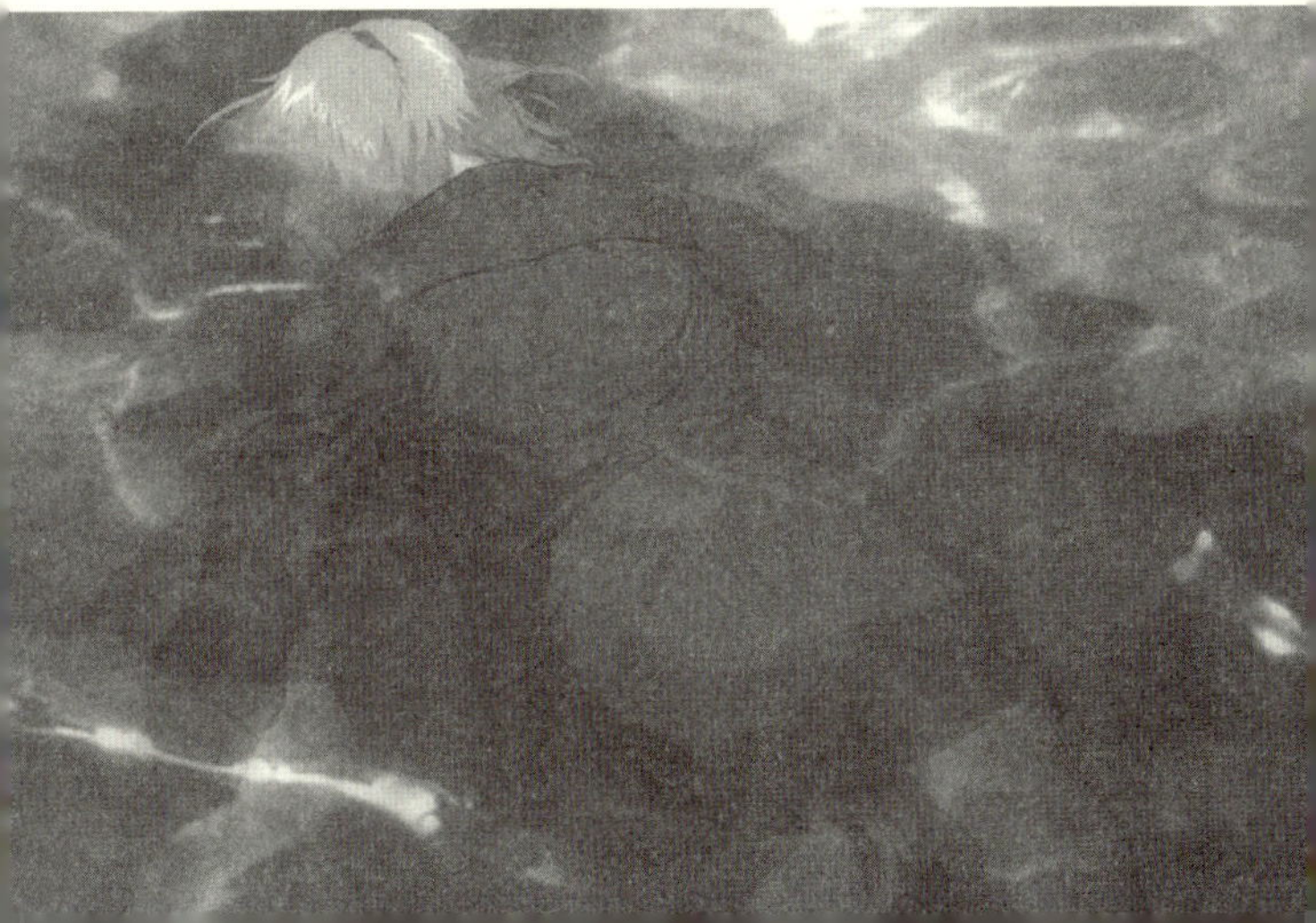

二十分後――。

俺と卓は、鑑識作業をしている警官隊を遠目に、プールサイドの端で晶と話をしていた。死体を見たばかりの時は取り乱した卓も、今はなんとか落ち着いている。林の死因は銃撃による頭部損壊だった。頭に二発の銃創《じゅうそう》。足にも一発。弾痕《だんこん》から三十口径と推定される。

「ガイ者の死因は銃撃による頭部損壊。頭に二発、足に一発……おそらく、歩けなくしてとどめを刺したのね。しかも念入りに二発も」

晶が報告すると、卓が低く絞り出すように言った。

「林です……ガイ者だなんて言わんでください」

「あ、ごめんなさい……」

俺はなだめるように卓の肩に手を置き、晶にクッキーの報告をした。

「例のドラッグを調査していたところなんだ。ブツは『クッキー』といって、そのものズバリ、クッキーの形状をしている。林はどうやらバイヤーをやっていたらしい。自宅にいったらクッキーが詰め込まれたボストンバッグがあった。俺たちが入った形跡があるだろうが、気にしないでくれ。それと……」

ポケットから林のケイタイを取り出して晶に渡す。

「校舎裏の植え込みにあった。おそらくそこが犯行現場だ。……じゃ、あとヨロシク」

卓をいざなって立ち去ろうする俺を、晶が呼び止めた。

「たっくん！　捜査は私《わたし》たちがやるからこれ以上介入しないで。公務執行妨害になるわ」

「引き続きドラッグの調査をするだけだ。報告はする」

「敵討《かたきう》ちしようなんて思わないでよっ！」

晶の声を背に、俺と卓は、寒風吹きすさぶ校庭を横切って歩いた。

「武士さん……」

卓が悲しそうな目で俺を見上げる。

「……大丈夫だ、任せておけ。犯人は必ず俺が挙げてみせる」

「お願いします……」

そう言う卓の肩が震えていた。

◇　◇　◇

卓を車で自宅まで送り、俺は事務所に戻って考えにふけっていた。

瞳くんは買い物に出し、今日はもういいから直帰するよう指示を出しておいた。ひとりになって考えたかったのだ。

夕闇《ゆうやみ》迫る誰もいない事務所。窓から差し込むのは、校舎の壁についた血痕を思い出させるどす黒いような夕陽。時計の秒針の音だけが響いている。

林はなぜドラッグなどに手を染めたのだろう？　主のいない部屋はキチンと整理されていた。悪ぶっていても、根は真面目《まじめ》で律儀な性格だったのだろう。そんなところに本当の悪がつけこんだ。そう考えるのが妥当だし、そう思いたかった。卓とふざけ合い、探偵になりたいと言って目を輝かせた林……。無邪気な一面もあったのだ。

思い返してみると、林は明らかに俺に助けを求めていた。自分がドラッグの受け渡しをしている場所を教え、そこで出会うと明らかになにかを伝えようとした。が、俺が奴の気持ちを汲《く》んでやれなかったのだ。

自分に苛立《いらだ》った俺は、何本もの煙草《たばこ》を灰にした。

なんとしてもホシを挙げてやる。……が、手がかりが少なすぎる。

唯一手がかりたり得そうなのはあの数字。１３１４。

毎週、定期的に林の元に送られてきていたあの数字が意味するものは？

数字は毎回違ったが、必ず四桁だった。三桁や五桁は存在しない。この辺りが謎解《なぞと》きの鍵《かぎ》となりそうだ。時間か日にちか、個数か番号か？　鍵の暗証番号とも考えられる。

ドラッグとはなんの関連がないものかも……。そういえば卓が、林には年上の彼女がいると言っていた。土曜にしか会えないと愚痴をこぼしていたと……。その女との秘密のやり取りなのかもしれない。しかしそんな風に考えると手がかりが消えてしまう。

俺は煙草を灰皿に押しつけると立ち上がって窓外の風景を眺めた。

〝絞って考えろ〟

洸正の親父《おやじ》がいつも言っていたっけ……。

あらゆることを考えなければいかん。だが、可能性を広げすぎると本質が見えなくなる。

事務所内はいつの間にか夜に包まれていた。窓の外にはまるで星のように、池袋の街の灯が遠く近くまたたいている。

「ん？」

俺の脳裏になにかが引っ掛かった。意識がざわざわと騒ぎ出す。

「……あのホテル……」

駅方向にそびえたつホテル・メトロポリタンを凝視する。その最上部の壁面にHとMが組み合わされた印章が描かれ、ライトアップされていた。

林の部屋にあったマッチ。あれはメトロポリタンのマッチだったのだ。

俺の記憶と思考の歯車が噛《か》み合《あ》い、ぎりぎりと力強く回転を始めた。

なぜ林の部屋にあのマッチがあったのか。それは、林がメトロポリタンに足を運んでいるからに他ならない。そこで誰と会っていた？　……恐らく土曜しか会えないという年上の女。ともするとメールの相手……。

だとすると、あの数字はホテルの部屋番号と考えられないだろうか？

土曜日の定時にホテルで落ち合い、部屋番号だけを連絡していた……。もしかすると女ではないかもしれない。ドラッグを卸している人物の可能性もある。

可能性に過ぎない。薄い線かもしれない。だが、情報をチョイスし、絞り込んで考えた結果だ。裏を取る必要がある。俺はコートを手にして事務所を飛び出した。


ホテル・メトロポリタン前の車道にヨタハチを急停車させ、俺はフロントカウンターへ向かった。

「いらっしゃいませ。なにかご用でしょうか?」

「1314号室の客に会いたい。取り次いでもらえないか?」

「1314号室は……園村様ですが、お客様のお名前をよろしいですか?」

園村亜子! 俺は頭をハンマーで殴られたようなショックを受けた。

忘れていた。そういえば、尾行したあの公園で、沢渡と亜子が、クッキーを食べていたじゃないか。あれがドラッグのクッキーだと、あの時は気づかなくても、なぜ後で思い出さなかったのか。自分の無能さにあきれると同時に、今ここで亜子の名が出てくる意外さに、俺はめまいにも似た感覚を覚えた。

「お客様?」

フロントマンが怪訝《けげん》そうに俺を見つめていた。俺はなんとか平静を装い、咳払《せきばら》いをひとつして告げた。

「林正志だ。そう言えば分かる」

「林様ですね？　かしこまりました。少々お待ちください」

園村亜子……沢渡のほかに林も咥《くわ》え込《こ》んでいたのか。それとも、亜子がクッキーのディーラーなのか？

「……林様」

フロントマンが慇懃《いんぎん》に声を掛けてきた。

「お客様は内線にお出になられません。キーを預かっておりませんので、ホテル内にはいらっしゃるようなのですが」

「そうか……ありがとう、またあとで来るよ」

俺はカウンターを離れてラウンジに向った。ゆったりとしたソファに腰を下ろし、ケイタイを取り出す。今電話するのは得策でないかもしれないが、情報交換だけでもできるだろう。

『……ハイ、日下部です』

「東雲だ」

『たっくん！　どうしたの？』

「林の死に関して、調べは進んだか？」

『探偵に情報の漏洩《ろうえい》はしないわよ』

「冷たいこと言うなよ……ケイタイの１３１４、分からないんじゃないのか？」

『捜査中……としか言えないわね』

「俺は今、ホテル・メトロポリタンにいる。こっちに出張ってきて、１３１４号室を開けてくれないか？」

『ホテルの部屋番号……⁉』

「まだ確証はないが、そこにいる人物がドラッグのディーラーの可能性がある」

『分かったわ。五分でいく』

そう言って晶は三分で到着した。

「飲みの時はべらぼうに遅刻するのにな」

「ゴチャゴチャ言ってないで詳しく説明して」

俺は、俺の推理と園村亜子のことを手短に話した。

「確かに薄い線ね……」

言いつつ晶は大股《おおまた》でカウンターへ近づき、警察手帳を取り出した。

「参考調査のために１３１４のお客さんと話がしたいの。いないのなら開けてくれないかしら？」

フロントマンは目を丸くして再び内線をかけた。が、やはり不通だったようで、キーを手にフロントから飛び出してきた。

「こちらでございます」

桜の御紋の威力はさすがだ。林と名乗ったりちまちましたいいわけを考えていた自分がつくづくイヤになる。

エレベーターに乗って十三階へ。十四号室のドアをフロントマンがノックしようとするのを、晶が制した。

「あとは私たちがやるわ」

フロントマンは規則だとかなんとか言いかけたが、晶が上着の下のホルスターから拳銃《けんじゅう》を抜き出すと、慌ててキーを放り出し泡を食って戻っていった。

「薄い線、なんだろ？」

からかう俺にちょっと肩をすくめてみせ、晶はキーを差し込んでノブをまわした。

ドアを開けるのと同時に低い姿勢で室内に入る。

と――。

室内に充満した生臭い匂い。身体中《からだじゅう》にまとわりついてくる臭気。俺も晶もよく知っている、一番嫌いな匂いだ。

「やられた……」

「薄い線……ね」

深紅の飛沫《しぶき》に彩られた壁。赤く染まったベッドに、女の白い裸体がうつ伏せで倒れていた。広げた脚の間から性器が見えてしまっているのに、身動きひとつしない女の体。晶は部屋を出てケイタイをかけている。恐らく本庁にだろう。

見たところ女の身体には、まだ体温が残っているようだ。殺されてから数時間と経っていない。紙一重の差で敵に出し抜かれた。同じ過ちを繰り返してしまった悔しさが、じわりと身体に広がる。

林と同じく頭部に二発撃ち込まれていて、股間《こかん》からは精子と思われる体液が垂《た》れていた。銃で脅されてヤラれ、殺されたのだ。顔を確認すると確かに園村亜子だった。夜の公園で沢渡に刺し貫かれている姿を見た時、この顔をかわいいと感じた瞬間もあったが、今は無惨なだけだった。豊満な体も冷たい物体と化してしまっている。

窓際に無造作にボストンバッグが置かれていた。中をチラリと探ってみると、案の定大量のクッキーが入っている。亜子が林にドラッグを卸していたのは間違いない。

バイヤーとディーラー殺し。さらに裏で糸を引く者の犯行か？

俺はきびすを返し、ドア口で電話をしている晶に声をかけた。

「悪いが俺はこれで。ちょっと気になることがある」

「え？　ちょ、ちょっと、たっくん！」

ヨタハチが唸《うな》りをあげ、俺は山手通りを切り裂くように走った。

目指すは沢渡邸。

園村亜子が殺されたならば、沢渡真司も無関係ではあるまい。同じクッキーをむさぼりながら野外セックスをしていた仲なのだから。

ふたりが貿易会社に勤めているという点も引っ掛かった。ドラッグの流通に深く関与している可能性がある。

フロントガラスに映る夜は、急転する事件の流れとは裏腹に落ち着いている。

この街は、とても静かで、そして騒がしい。

◇　◇　◇

沢渡邸の周囲は静寂に包まれていた。人の気配はまるでなく、冷たい闇が住宅街を漂う。

俺は近くに車を止め、屋敷の様子をうかがった。かすかな電気がついている部屋が見える。沢渡か鞠絵か、少なくともどちらかは居るはずだ。

インターフォンを押そうと立派な門塀《もんぺい》に近づいた刹那《せつな》――

「きゃあぁぁぁ！」

闇を切り裂いて悲鳴が上がった。

俺は門を蹴破《けやぶ》り、玄関に走って扉を叩《たた》いた。

「鞠絵！　どうしたんだ、鞠絵！」

中からの返事はなく、扉はびくとも開かない。すかさず家の裏手に回った。リビングの窓はやはり閉まっていたが、俺は迷わず手近の石を拾い、ガラスを叩き割った。

大きな音を立てて割れた窓ガラスの隙間《すきま》から手を突っ込み、窓の鍵を開けてリビングに転がり込んだ。

姿勢を低くし、息を殺す。暗闇に動く影がないか意識を集中する。が、空気の動きすら感じられない。完全に凍り付いた空間。鞠絵の声も聞こえない。

壁にそって隣の部屋に忍び込むと、かすかに硝煙の匂いが漂っていた。発砲？　また誰かが殺されたのか？　沢渡か、鞠絵か？

はやる心を抑えつつ、気配を殺してダイニングへと入った。と、テーブルの下に月夜に照らされて不自然に伸びる影があった。かすかに人の呼気。うずくまってなにかから隠れている様子だ。

「……鞠絵か？」

「ひぃっ⁉」

影がびくりと肩を震わせ、恐る恐るふり返った。確かに鞠絵だった。

「し、東雲くん？」

「そうだ。鞠絵、大丈夫か……」

「あっ……ああ……！」

暗闇に、密《ひそ》やかに水の流れる音がこぼれた。鞠絵が小水を洩《も》らしたのだ。

激しい恐怖から安堵《あんど》。切れた緊張の糸。ぷるぷると全身を小刻みに震わせながら、鞠絵がどこか恍惚《こうこつ》とした表情で俺に囁《ささや》く。

「いやだ……み、見ないでぇ……」

俺は鞠絵から目をそらし、周囲をうかがい、気配を探った。しかし、鞠絵から洩れる放尿の音以外はなにも聞こえない。どうやら邸内には俺と鞠絵以外はいないようだ。

しばらくして室内は再び静かな闇に包まれる。水音に代わり、鞠絵が嗚咽《おえつ》し始めた。

「鞠絵？　落ち着くんだ。沢渡はどうした？」

「ひっ、うぅ……多分……書斎に」

俺は鞠絵をその場に残し、身を低くしたまま鞠絵が指差した方向に急ぐ。廊下に出ると、オレンジ色の光が洩れている扉があった。ノブに手を掛け、一気に扉を開いた。

大きく開いた窓から風が入り込み、白いカーテンがひるがえっている。

そして――。

「くそっ！」

書斎の机の上に、突っ伏すように倒れ込んだ沢渡の姿があった。おびただしい量の血が床にポタポタと落ち、血溜まりを作っていた。

開かれた窓まで近づいて周囲の状況を確認したが、既に犯人の姿は見当たらない。

俺はケイタイを取り出してリダイアルボタンを押した。

『もしもし。たっくん？』

「ああ、何度も済まない」

『もうっ、なによ！　さっきは突然いなくなっちゃうしぃ……』

「ああ、悪い。それより、またひとり死んだ」

『えっ⁉』

「事情は後で説明するから、すぐに来てくれ」

住所を告げてケイタイを切る。しかし、一日の内に三度も晶に連絡する羽目になるとは……しかも、いずれも発見者は俺だ。晶でなかったら、逆に俺が疑われるだろう。

沢渡の遺体に近づくと、やはり後頭部に二発の弾痕。林や園村の場合と同じ手口。同一犯による犯行だ。

ドラッグが絡んでいるのは間違いないだろう。林と園村、そして沢渡が、クッキーという名のドラッグでつながった。それぞれの関係は恋人と不倫……。しかし、おそらくそうではないだろう。園村亜子が体を使って、積極的にドラッグを広めていたのだろう。そう、槇村恵のように……。

沢渡が消えた今、俺に残された糸口はあの女だけとなった。しかし恵は消息不明だ。

沢渡がなにか別の情報を残していないだろうか？　俺は沢渡の死体に近づき、血にまみれたデスクの上を検分した。すると、点々と血や脳漿《のうしょう》が飛び散っている机の一部に、全く血に汚れていない空間があることに気づいた。くっきりと長方形にふち取られている。

大きさはハガキのサイズほど……明らかになにかがあって、犯人が持ち去ったのだろう。犯人にとって知られたらマズイ物、もしくは役に立つ物……。

「あぁ……ぁぁぁあ……」

わななく声にふり返ると、いつの間にか書斎へと足を踏み入れていた鞠絵が崩れるように床にへたり込んでいた。頭を撃ち抜かれた沢渡の死体を目の当たりにしては無理もない。

俺は鞠絵の手を取って抱きかかえ、書斎の外に連れ出した。

「鞠絵、落ち着いてくれ」

「う、うん……」

ガタガタと震え、声にならない嗚咽を洩らしていた鞠絵だったが、キッチンに戻って椅子《いす》に座らせると、いくらか意識がハッキリしたようだ。

「ここでなにがあったのか、どうしてこうなったのか、心当たりはあるか？」

「わ、分からない……私……夕食を終えて、私は寝室で休んでいたの。あの人はいつものように書斎にいったわ……」

そう言って鞠絵は哀《かな》しげに目を伏せた。関係が冷え切っていたことがうかがえる。

「私はベッドに横になって、考え事をしていた。東雲くんに調べてもらった報告を受けて、この先どうすればいいのかなって……。でも、考えている内に、うとうとしちゃって……そしたら下からなにか大きな物音がしたの……」

「それで降りてみたと？」

無言でうなずく鞠絵。

「あの人を呼びながら書斎に近づいたわ。そしたら、誰かが飛び出してきて……空を切るような音がして、すぐそばの壁が砕けて……私、怖くなって必死に、必死に……」

そこまで話すと鞠絵は声を詰まらせた。そっと肩に手を置くと、うずくまるように俺の胸に抱きついてくる。

「犯人について、なにか覚えていることは？」

俺の胸の中で、鞠絵は首を横にふる。

「なにも……一瞬のことだったし、それに暗かったから……」

「そうか……」

鞠絵が襲われようとしている頃《ころ》、ちょうど俺はこの家に到着した。室内の悲鳴に気づいた俺が扉を叩き、それを聞いた犯人は窓から逃亡した。その際、犯人は沢渡の机の上にあったなにかを持ち去った。……そんなところだろう。

「とにかく……もう大丈夫だ」

「……う、うん」

「鞠絵、そろそろ警察がやってくる。その前に着替えた方がいいんじゃないか？」

「え、ああ、そうね……」

鞠絵は恥ずかしそうにうなずくと、よろよろと立ち上がり、着替えのために二階の寝室へ向った。


「また同じ手口ね……」

晶たちが到着したのは、ちょうど鞠絵が着替え終って書斎に降りてきた時だった。早速鑑識のチームが現場検証を始めている。

「ガイシャの名前は沢渡真司。この家の持ち主だ。大東亜総合貿易の輸入課課長代理にして、園村亜子の上司……」

「それ本当っ⁉」

その情報に晶は飛びついてきた。

「ああ。実は以前、別件で沢渡の調査を依頼されていてな。園村と沢渡の関係は知っていたんだ。それで、もしやと思って来てみたんだ」

「そうだったの……」

「すまんな。だが、晶ひとりならともかく、もしやで警察を動かすわけにはいかないからな」

「ええ、分かってるわ」

推測だけで動けるなら、もっと自由に捜査を進めることが出来る。しかし、実情は令状がないと、なにひとつ行動を起せないのが今の警察機構だ。きっと晶も歯痒《はがゆ》い思いをしているに違いない。その点、探偵なら自由に調査ができる。怪しいと思う点は素早くいつでも調べることが可能だ。だが、ホテルの部屋を開けるようなことは無理。結局、探偵と警察は持ちつ持たれつの関係なのだ。

「……ってことで、俺はこれからも憶測で動く。捜査線上に俺の影がチラついても、公務執行妨害だなんて野暮なことは言わないでくれよ」

「今度はどこいくのよ⁉」

「ナイショの場所だよ」

「もうっ！　後でちゃんと報告してよねっ！　今日のことも全部調書作るんだからね！　聞いてるの、たっくん⁉」

現場を離れられない晶のわめきを背に、俺は立ち働く警官たちをかき分けて玄関へ向かった。と、そこに鞠絵がいた。年かさの刑事から質問を受けていたのだ。泣きはらした顔をしていたが、気丈に質問に答える鞠絵の顔は、どこか美しかった。俺に気づくと受け答えを中断して駆け寄ってきた。

「東雲くん……どうもありがとう……」

「これからいろんな人にいっぱい質問をされるだろう……気を張ってがんばれよ」

「うん、もう大丈夫……多分ね」

はかなく笑う鞠絵に手をふり、俺は沢渡邸を後にした。

鞠絵を抱きしめ、守り、その髪にキスをしてあげたかったが、自分がそんな立場でないことは承知していた。

俺は俺にできることをするだけだ……。

◇　◇　◇

ヨタハチに乗り込んだ俺は、再び池袋を目指した。いき先は『ブルーシャトー』。沢渡いきつけのクラブであり、亜子がかつて勤めていた場所でもある。ということは、そこに始まりがある。誰か実情を知っている者がいるかもしれない。そんな推理に俺は賭《か》けた。

「いらっしゃいませ。おひとり様ですか？」

扉をくぐると華奢な可愛《かわい》らしい感じの女の子が迎えてくれた。

「ご指名は？」

「美紗子さんを頼む」

以前来た時、沢渡と亜子の関係を教えてくれた子の名前を告げた。

「かしこまりました。こちらへどうぞ」

女性に誘導されてボックス席に着くと、ほどなくして美紗子が現れた。ちょっと田舎っぽい雰囲気のある健康的な美人だ。

「……東雲さん、こんばんは。今日も、お仕事？」

「ああ、まあな」

俺は美紗子の顔をまっすぐ見ることができない。なぜならこれから、亜子の死を伏せたまま美紗子にいろいろ探りを入れようとしているからだ。騙《だま》すことになるのは百も承知している。が、本当のことを話して取り乱されては訊けるものも訊けない。

バーボンとつまみの用意をしてくれていた美紗子が、ふと顔を上げた。

「どうしたんですか、東雲さん？　今日はやけに静か……」

「いや、これからうるさくなるよ」

「怖いなあ、探偵さんの尋問が始まるの？」

「今日訊くのは君じゃない。この間、沢渡と園村亜子が来た時、一緒に飲んでいた子がいただろ？」

「ああ、由里香《ゆりか》さんですか？　沢渡さんのごひいきで、いつも一緒に飲んでらっしゃるんですよ」

「悪いがその由里香さんを……」

「紹介するんですね？　分かりました。少々お待ちください」

美紗子は軽く笑みを浮かべると、店の奥に由里香を呼びにいった。

バーボンをあおりながらしばらく待つと、美紗子がすらりと背の高い女性を連れて戻ってきた。

「東雲さん、お待たせ。彼女が由里香さんです」

「こんばんは、初めまして。由里香です。美紗子ちゃんがお世話になっております」

「いや、こちらこそ」

美紗子よりは少し年上だろうか？　洗練されたドレスを着こなし、妙に落ち着いた雰囲気がある。

「さっそくだが……」

俺は由里香に、探偵として沢渡のことを調査していると簡単に説明した。探偵と聞くと、大概の人は驚いたり顔をこわばらせたりする。が、由里香は違った。顔色ひとつ変えずにこちらを見つめていたのだ。

「申し訳ないが、少しだけ協力してくれないか？」

「私に分かる範囲でよければ……」

「そうしてくれると助かる」

由里香は俺のような人間がなにかを訊きに来ることを予期していたのではないだろうか？　そういう人から話を訊き出すのは骨が折れるものだ。俺は慎重に聞き込みを開始した。


「率直に聞くが、沢渡との関係は？」

「お店のホステスと常連客よ」

「そうか。プライベートでは関係はなかったと？」

「全くないとは言えないけど、それは同伴出勤とかだし、少なくとも私にとって彼はただのお客さんよ」

「ほう……同伴出勤ですか」

「ええ、この業界では当然のことですから」

「それじゃあ、沢渡がドラッグに関わっていたことは？」

「聞いたことないわ」

「そうか。じゃあ、彼がお金に困っていたという話とかは？」

「ふふ……そんな話、聞いたことないけど？　彼は資産家のご子息だし、昔から羽振りがいい人よ。それに、お金に困ってる方がお店にいらっしゃるなんてありえないわ」


確かに由里香の言うとおり、沢渡が金に困っていたとは考えにくい。では、ドラッグの流通に手を染めるというリスクを上回る彼の利得はなんだったのだろうか？

「沢渡が誰かに脅されていたという話は？」

「脅し？　……いいえ、聞いたことないわ」

「それに怯《おび》えていたとかいう兆候は？」

「別にないと思いますけど……」

とりあえず由里香と沢渡とは、お店の客とホステスという関係以外はないということか。

いや、もちろんそれは由里香がすべて真実を伝えていたらということを前提としての話だが。ここまで完璧《かんぺき》に関係を否定されると逆に怪しい……。が、ともあれ、由里香にこれ以上訊いても、なにかが出てくる可能性は低い。

「そうか……手間を取らせたね、ありがとう」

「いいえ、こちらこそお役に立てなくて……美紗子ちゃん、あと、お相手お願いね」

「はい。分かりました」

由里香は俺に会釈するとカウンターの奥に戻っていった。

「今の由里香さんの話、間違いないかな？」

「ええ、そう思います……由里香さんは面倒見がよくて、私にとってはお姉さんみたいな人なんです。だから由里香さんになにかあるとは思えないんですけど」

「あ……いや、由里香さんを疑ったわけではないよ」

「あ、いえ、東雲さんもお仕事なんですから、一生懸命になるのは分かります……」

美紗子が懇意にしている女性だ。これ以上由里香を疑うことは、美紗子にとっても気分のよいものではないだろう。ただ、少し引っ掛かるのだ。

『彼は資産家のご子息だし、昔から羽振りがいい人よ……』

昔からという言い方は、一年や二年をささない。沢渡と由里香の付き合いはどれくらい長いのだろう？

「……東雲さん？」

「ん？　……あ、ああ、すまない」

「もう、仕方ないですね。カッコイイ顔して、意外と仕事の虫なんだから……私にできることがあれば言ってください。協力しますから」

「え？　しかし……」

「ここは楽しくお酒を飲むところです。ムズカシイ顔をした人の心を癒《いや》してあげるのが私たちの務め。だから私が、東雲さんのお手伝いをしてあげるの」

美紗子の申し出は渡りに船だった。

「それじゃあ……すまないが、お願いするよ」

「はいっ！　って、どうすればいいんでしょうか？」

「由里香と沢渡の付き合いがどのくらい長いのか知りたい。できれば由里香の履歴書なんかがあると助かるんだが……」

「つまり私にスパイをしろってわけね？」

「あ……イヤならいいんだ。無理に頼むつもりはない」

俺は慌てて頼みを引っ込みかけたが、美紗子は明るく笑って言った。

「うふ、楽しそう！　やるわ、私。でも、これが終わったら……」

美紗子はいたずらっ子のように声をひそめた。

「報酬か？」

「東雲さん、私とデートしてくださいます？」

「はは、俺でよければ……だけど注意してくれよ。特に由里香には気づかれないように」

「はいはい。スパイですからね」

「なにか分かったらここに連絡してくれ」

俺は名刺を取り出して差し出した。受け取った美紗子は少し驚いたふうに目を見開いた。

「東雲探偵事務所？　ホントに探偵さんだったんですね」

「なんだと思ってたんだよ？」


「じゃあ、頼むよ……本当に気をつけて」

「ふふふ、分かってます」

俺は会計を済ませると、美紗子に軽く微笑《ほほえ》んで店を出た。少し酒が入って、火照った身体に夜風が染みる。見上げると、池袋の街に煌々《こうこう》と灯《とも》るネオン。その上の夜空には無数に輝く星が見えた。

……今日は、三つの輝きが消えた。

いけすかないがエリートサラリーマンだった沢渡、悪女だったのかもしれないが可愛らしかった園村亜子、そして探偵になりたいと夢を語った林……。

これ以上光を消してはならない。なんとしても犯人を捕まえる。

俺は改めて心に強く誓った。

◇　◇　◇

翌日は池袋署へ出頭して、晶のもとで調書を書くためたっぷりと事情聴取された。

仕方がない。三件の殺人を発見しておいて、その度に現場から姿を消したのだから。犯人と疑われないだけまだマシだ。

翌々日は沢渡邸での葬式に出た。

沢渡の司法解剖も終了し、喪主を鞠絵が務める中、葬儀は慎ましやかに行われた。ドラッグの密輸に関係していた人物の葬儀とあって、マスコミのうるさい取材攻勢はあったものの、葬儀はつつがなく終了した。鞠絵が政界の大物、五十嵐大造の娘だということは報道されなかった。裏で大きな力が働いたに違いない。

式の最中、鞠絵が気丈に平静を保っている姿が痛々しく、俺は早々に立ち去った。

それからさらに二日が過ぎ、俺がようやく警察の全調書にサインして事務所に戻ってきた時、鞠絵から電話があった。

渡したいものがあるからプリンスホテルまで来てほしいという用件だった。

待ち合わせのロビーで落ち合うと、鞠絵は髪をアップにし、喪服の黒い着物に身を包んでいた。初めて見る鞠絵の着物姿だったが、そうとは思えないほど鞠絵の落ち着いた雰囲気に似合っていた。が、顔は少しやつれているようだ。

「大丈夫か？　警察の事情聴取からマスコミ攻勢からで大変だったろう」

「うん……それより、親戚《しんせき》関係がすごくて……今日もなかなか抜け出せないところ、逃げてきちゃったの」

政界の五十嵐家と財閥の沢渡家。一族の者がドラッグで殺されたとあっては、責任のなすり合いや隠蔽《いんぺい》工作が激しくなるのは想像に難くない。

「そうか、悪いな、わざわざ……」

「ううん。私が呼び出したんだから……ね、上に部屋を取ってあるの。ここでは話せない内容でもあるし、渡すものも置いてあるから、ご足労だけど、来て頂けないかしら？」

鞠絵と一緒にエレベーターに乗り込んだ俺の胸は高鳴った。この状況は、もしかして？

案の定、部屋に入ると鞠絵は俺に背を向けたまま立ち尽くしてしまった。無言のまま。

こんな時、ずるい男なら後ろから抱き締めてやるのだろうが、俺はずるい男よりも情けない、臆病者《おくびょうもの》だった。だから、やはり黙って立っていた。

意を決したのか、ようやく鞠絵がふり返った。その目に涙が光っている。

「東雲くん……なにもしないなんて、優しすぎるよ」

「違う……俺は」

「私は高校の時からずっと東雲君のこと……」

「鞠絵……」

「ねえ、今だけでいいから……抱いて」

戸惑う俺に、鞠絵はしゃにむに抱きついてきた。薄いシャツ越しに彼女の温もりと鼓動が伝わってくる。閉じられた瞳《ひとみ》。長い睫毛《まつげ》が、小さな身体が、かすかに震えていた。

結婚してから、浮気が発覚してから、沢渡が殺されてから、ずっと……ずっとひとりで苦しみ、寂しい思いを募らせてきたに違いない。そんな彼女が今、心に深い傷を負ってつかの間の温もりを求めている。

俺は……俺は彼女にどう応《こた》えればいい？　ここで彼女を抱くことが少しでも彼女を癒すことになるのだろうか？

しかし……俺は知っていた。

自分の心の中にあるものが、そんな献身的なものではないことを。もっと深い、高校の時からの憧《あこが》れ……鞠絵を自分のものにしたいという獣じみた欲望であることを。

だから俺は恐れたのだ。そんなものを解き放っては、もう元の関係に戻ることはできなくなるかもしれない。

が、鞠絵は俺のそんな想いも知らず、小さな肩を震わせている。俺は、心の中から押し寄せてくる想いを止めようがなくなってしまった。

「鞠絵……」

力を込めて鞠絵の体をしっかりと抱きしめ、震える唇にそっと自分の唇を重ねた。

そのやわらかい唇に、想いが、怒濤《どとう》のように押し寄せ、炸裂《さくれつ》した。俺は深く舌を鞠絵の中に押し込んだ。

「うん、ん、んっ」

鞠絵の唇を甘く噛み、舌を吸いつける。どこか、がむしゃらに互いの口内を求め合った。くちゅくちゅと唾液《だえき》の絡まる音がホテルの部屋に密やかに響く。熱病に浮かされたようにお互いがお互いを求め合い、体が体をまさぐる。胸の奥に沸き起こる衝動が、鞠絵の肢体へと手を伸ばす。胸へ。腰へ。臀部《でんぶ》へ。

「あっ……んっ、はぁうっ……しの、のめ、くぅん」

鞠絵はかすかに目を開き、熱い吐息をついた。

俺は、鞠絵の乱れた喪服の襟元を、割り開くように押し下げた。中から弾《はじ》けるように、溢《あふ》れ出《だ》す膨らみ。冷たく思えるほどの白い肌。若い青さと成熟した大人《おとな》の色香が同居した不思議な肢体だった。

押し上げられこぼれた柔肉が紅潮し、甘美な薄桃色に染まる。そして、その頂きに上向きにそそり立つ桜色の突起。俺はぞくぞくと背筋を駆け上る欲望に堪えきれず、その桜色を指先でつまんだ。

「あッ！　そ、そんなに強く……つまんだら……あぁっ、くぅ！」

既にそこは硬く尖《とが》り、指先でこねる度に鞠絵は背を反《そ》らして、快感に打ち震えた。乳房を大きく揉《も》みながら乳首を指先で左右にねじり、上下にひねりあげる。

「はんっ、あぁぁっ、くぅぅん……んっ、はっ、や、やぁぁ」

たわわに実った果実のような乳首にしゃぶりつきたい衝動に駆られた俺は、何度目かのキスを交わしながら、ベッドの上に鞠絵を押し倒した。

「はあっ……はぅ、はっ、はぁぁぁ！」

乳首を舌で転がし強く吸い上げる。愛撫《あいぶ》する度にさらに硬くなって膨張する鞠絵の乳首。ちょっとした刺激で弾けてしまいそうなほど、ぎちぎちに張り詰めている。

「ああん！　……そ、そんなに吸っちゃ、ダメェ……」

突起の硬さに、食欲にも似た欲望に駆られ、俺は乳首に軽く歯を立てる。

「ひぃ！　か、噛まないでぇぇ！」

鞠絵の身体は熱く火照り、胸の谷間にはうっすらと玉のような汗が浮かんでいる。俺がそれを舐《な》め取ると、それにさえも敏感に反応する。既に鞠絵の身体は全身が性感帯となり、与える刺激はすべて鋭利な快楽となっていった。

俺は喪服の腰帯の下から股《また》を割って手を忍び込ませた。内腿《うちもも》の柔らかな弾力によるかすかな抵抗の後、俺の指先が目的の部分に達した。

「はあぁぅっ！　い、いや……恥ずかしい、あぁ……」

滑らかなレースの手触り。彼女自身を包み隠す上品な下着越しに、そっと盛り上がった花弁に触れる。

……熱い。薄い布地の上からでも、その部分が熱をはらんでいることが分かる。しかも、驚くほどに濡れそぼっていた。誘われるように、俺は中指と人差し指でその部分を突いた。

「あぅっ……ひ、ひんっ！　やっ、そこはダメぇっ！」

鞠絵の制止の言葉も今の俺にとっては、甘美な媚薬《びやく》にしかならない。俺は指先に力を込めた。布越しに感じられる熱く柔らかな肉の感触。水分を吸ったショーツが、ぺっとりと陰部に張りつき、肉と擦《こす》れてピチャピチャと音を立てた。

たまらなくなった俺はショーツを横にズラすと、鞠絵の陰部に直《じか》に触れた。

「あっ、はっ……んくぅぅぅ！」

恥ずかしげに口を開いている淡い紅色の秘唇は、その周囲にこぼれ落ちそうなほど透明な愛液をたたえていた。そこに指を押し入れ、素早く出し入れする。くちゅくちゅと、いやらしい水音が響いた。それに合わせて跳ねる鞠絵。

「ああっ、あっ、あっ、しののめぇくぅん！」

すくい取った愛液を、陰部の上で息づく敏感な肉芽《にくが》に塗りたくる。

「ひゃんっ！　そ、そこは、敏感だから優しくしてぇっ！　アッ、だめッ、そんなに強く、いやぁぁっ！」

悶《もだ》え、喘《あえ》ぎ、鞠絵は腰をくねらせる。

陰核をつまみ、ひねり上げると、おびただしい量の愛液が開いた膣口《ちつこう》からこぼれ落ちてシーツに新たなシミが広がった。あふれ出る蜜《みつ》が増えるに従い、鞠絵の身体がビクビクと痙攣《けいれん》し始める。淡い桃色のクリトリスは完全に勃起《ぼっき》し、暴れ回る俺の指に幾度となくなぶられてゆく。

「ああんっ、ああっ！　東雲くん……も、もうこれ以上、い、虐めないでぇ……！」

鞠絵はいやいやをするように腰をふり、ベッドから落ちるように立ちあがると手をつき、自ら喪服の裾《すそ》を割って俺に白い大きなお尻《しり》を突き出した。

「お願い、お願い……も、もう……」

目の前でぱっくりと割れた秘唇は、きれいな赤い色に濡れている。俺は催眠術にでもかかったかのようにフラフラと一歩を踏み出し、鞠絵の白い尻肉を鷲掴《わしづか》みにした。途端にこぼれ出る愛液。俺はジッパーを下ろし、猛りきった肉茎を取り出すと膣口へあてがった。

「ああ、ああ……とても、熱い……」

鞠絵の腰がふるふると震えた。俺は思いっ切り肉茎を膣にねじり込んだ。

「うんッ、はあぁぁぁぁぁぁっ……!!」

最奥に達すると、鞠絵は身体中を硬直させ、膣をぴくぴくと震わせた。

「うああっ、ふ、深いよぉ……」

おもむろに腰を動かし始めた俺に、鞠絵が甘えるように声をかけた。

「んっ、ふぅっ……東雲くん、ゆっくり……」

俺は鞠絵の要望に応え、じわじわと腰をスライドさせた。膣から抜けそうなくらいまで引き抜いてから、再び前へ押し出し、子宮口に当たるまで深く挿入する。

「あっ、あ、あ、あっ、ぐぅ……んぐ、うぁあああ！　はあああああ！」

先ほどの愛撫からずっと絶頂を我慢していた鞠絵の膣は、早くもエクスタシーの前兆である小刻みな収縮を繰り返している。

「やっ、だめぇ！　ああ、も、もう、もう……い、いっちゃいそぅ……」

構わず俺は、ゆっくりとした深い挿入を繰り返す。そして、鞠絵の最奥に先端を押しつけた瞬間。

「んっ！　くっ、やあぁぁぁぁぁ!!」

裏返った悲鳴と同時に、背中を弓なりにして鞠絵の全身が打ち震えた。そして崩れるようにベッドに突っ伏してしまう。

「ぅん……はぁっ、はぁ……あぁ……やだ……私……イッちゃった……」

苦しそうに呼吸をしながら羞恥《しゅうち》に染まる鞠絵。その姿を見て、俺の肉棒は更に興奮にたぎった。まだ絶頂を迎えていないそれは、鞠絵を貪《むさぼ》りたいという欲求に膣の中で体積を増す。それを感じ取ったのか、鞠絵は俺の方をふり返った。

「あ……ごめんなさい……私、ひとりで……来て……東雲くん」

その言葉を聞いた瞬間、俺は獣と化した。俺の肉体は、目の前にいる鞠絵のあでやかな肢体を貪る欲求に支配された。そして狂ったように肉棒を鞠絵の膣に叩き込み始めた。

「アッ！　ああぁっ！　ダメッ！　東雲くんっ……は、激しすぎるぅ！　ひ！　んふぅっ……す、凄《すご》いよぉ！　やっ、いやぁっ！　届く……おっ、奥までぇぇぇ！」

室内に響き渡る鞠絵の嬌声《きょうせい》。そして、体液がぐちゅぐちゅと擦れ合う音。鞠絵の膣を深くえぐる度に、結合部からは鞠絵の奥から分泌された愛液が、しとどに押し出される。

「くうぅっ！　うあぁ！　あ、おぉ、おっ、おっ、おおおぁう！　おぅ、おぅ、おぅ……んぉ、おぉ、んんんん！」

鞠絵の秘唇は赤く腫《は》れ上《あ》がり、俺の肉棒を貪ろうと自ら腰をふり続ける。

「あああああ、ま、また、いっちゃう……いっちゃう、いっちゃう、いっちゃうよっ」

歯を食いしばりながら硬直する鞠絵。

「あっあぁっ！　くぅくうっううううあぁん‼」

ぶるぶると震える秘裂の奥から一気に大量の蜜が流れ出す。

再び達した鞠絵。俺はそれでも構わず鞠絵の細腰を掴んだまま腰をふり続ける。

「あっ、や、イッたばっか…り、なのにぃぃ、ああんぅぅ！」

絶頂を迎え、痙攣を続ける鞠絵の膣。俺はその中に自らを突き込むことで、更なる快楽に陶酔する。徐々に高まる射精感。

「ひゃん！　ひっ、だ、だめぇ、もう！　やぁぁ、だめぇぇぇぇ！」

ずっと絶頂を迎え続ける鞠絵。陶酔し、甘露な夢にうるむ瞳。日頃貞淑《ていしゅく》な鞠絵が俺だけの前で見せているしどけない痴態。俺だけの……俺だけの……！

「鞠絵ーーっ‼」

俺の脳髄に白く輝く閃光《せんこう》が訪れた。鞠絵のやわらかい膣から肉棒を引き抜こうとすると、

「やっ！　抜かないでぇ！　中に、中に欲しいのぉ！」

鞠絵が俺の腰を抱えるように引き寄せた。

「くぅっ！」

「ああ……もう、もう、もう……いっちゃう、いっちゃう、いっちゃううぅぅーーーっ！」

互いの骨盤を密着させたまま、俺は鞠絵の子宮の中に、俺の想いをブチまけた。

「うあぁぁぁぁぁぁあああぁぁぁぁぁ!!」

そのまま俺と鞠絵はベッドの上に倒れ伏した。

秘唇から肉茎を引き抜くと、おびただしい量の愛液と精液があふれ出た。

全身から力が抜けて脱力する。しかし、どこか清々《すがすが》しい疲労だった。

鞠絵は俺の方をふり返り、かすかに笑みを浮かべている。その笑顔を見て、俺は鞠絵に軽く口づけた。そして、なにもかも忘れてそのまま眠りについた。


翌朝――――。

ミルク色の曙光《しょこう》が輝く、まだ誰も通らない池袋の街。

俺と鞠絵は何事もなかったかのようにホテルの玄関前に立っていた。

鞠絵は、昨夜のことが嘘《うそ》のように、貞淑な未亡人姿に戻っていた。

「東雲くん、ありがとう……。私、自分らしい生き方を探し出してみる」

朝日に輝く鞠絵の横顔には、なにかを乗り越えた女の強い意思がはっきり表れていた。

「それと……これをあなたに渡したかったの」

鞠絵がハンドバッグから取り出したのは一枚の写真だった。テニスウェアを着て笑う男と女の写真。それは、まだ年若い沢渡真司と園村亜子の姿だった。

「沢渡の大学時代の写真よ。沢渡と園村の付き合いは、この頃から続いていたようね」

「鞠絵……」

俺は鞠絵の心中を思って彼女の顔を見た。が、鞠絵は晴れやかに笑っていた。

「ふふ……大丈夫。これを渡したことで、なにか吹っ切れた気がするわ」

タクシーに乗って遠ざかる鞠絵を見送る俺の胸に、早朝の清々しい空気が染みた。

第四章　それぞれの過去

一連の殺人事件が起きてしばらくした後、俺《おれ》は事務所に谷田氏を呼び出して歩の調査結果を報告した。問題なし、非行の兆候なし、と。谷田氏は型通りの報告を受けると、あいさつもそこそこにそそくさと帰っていった。心配していた歩の非行より、縁戚《えんせき》である沢渡がドラッグに関《かか》わっていたことを穏便に処理することに大わらわなのだろう。

歩の件はそれで終了……のはずだったのだが、歩自身がこの事務所に居つくようになってしまった。放課後、学校が終わるとここに来て瞳くんとおしゃべりし、コーヒーを飲んだりしてくつろいで、いい加減夜になる頃《ころ》、俺が自宅まで送り届けるのだ。託児所じゃないんだがな……。

が、まあ、黙認している。いつも入り浸っていた鞠絵の家では殺人事件が起きてしまった。そんなところにいきたくないのは山々だろう。

「歩、鞠絵のところにいってやらなくていいのか？　あいつだってあんな家にひとりでいたくないんだろうに、お前という話し相手を失って寂しがってるんじゃないか？」

応接用のソファで宿題をやっていた歩は、俺が話しかけると顔を上げた。

「大丈夫。お姉ちゃんは、ああ見えて結構強い人だから」

……確かに。俺は、朝焼けの中で見た鞠絵のきりりと引き締まった顔を思い出した。

一度は俺に助けを求めたが、それ以降は電話もしてこない。むしろ俺の方が会いたいくらいだった。

「それに、まだ警察の人が来たり、お父さんの事務所の人が出入りしたりで、いろいろ大変そうなのよ」

まるで他人事のようにさらりと言う。そこへ瞳くんがコーヒーを淹《い》れて持ってきた。

「さ、歩ちゃん、ひと息いれたら？」

「わあい！　瞳さんが淹れるコーヒー、すごくいい香りだから大好き！」

そう言ってふうふうしながらカップに口をつけ、歩は目を丸くした。

「あれ？　いつもと違う。もっと濃くてスッキリした味になってる」

「勉強中ですからね。リフレッシュできるように、ブレンドをちょっと変えてみたの」

「へぇぇぇ、瞳さんってすごぉおおい！」

大袈裟《おおげさ》に驚く歩に、瞳くんは笑って答えた。

「私《わたし》はすごくないわ。豆とかブレンドにメチャメチャこだわってる人がもうひとりいるの。私はその誰《だれ》かさんの好みに忠実に従っているだけ」

すかさず歩がこちらをふり返る。俺は視線を避け、咳払《せきばら》いをして聞いていなかったフリをした。

「タケさまって、ホント、カッコイイよね。探偵の中の探偵ってカンジでさ……なんだかくやしいぐらい」

「歩ちゃん、きっとほめ過ぎよ。先生照れちゃって、もう歩ちゃんの顔、まともに見れなくなっちゃうかも……」

「ね、ね、ね、ね！　瞳さんはタケさまの恋人なの？」

「えっ？」

いきなりの質問。俺は座っていた椅子《いす》からずり落ちそうになった。瞳くんもしどろもどろになっている。

「あ、歩ちゃん……恋人だなんて……私は先生の助手よ。それ以上でも、それ以下でもないわ」

「つき合ってるんじゃないの？」

「ええ。あくまでも仕事の上でのパートナーよ」

「へぇ……そうなの、そうなんだぁ」

歩がこちらを向いて、意味深な笑みを送ってきた。それにしても、瞳くんのそっけない答えには、心が微妙にうずいた。

「ねえ、じゃあ、瞳さんはどうしてタケさまのパートナーになったの？」

「う～ん、それはね……」

瞳くんがこちらにチラリと目線を向けた。

女同士の話、か。これはどうやら退散した方がよさそうだ。いい時間だし、〝ゆき〟にでもいってみるか。

俺は立ちあがってコートを手に取った。

「瞳くん、出掛けてくるよ。戻りは分からない。適当に切り上げて、歩を送ってあがってくれ」

「はい、分かりました」

「いってらっさ～い！」

事務所のドアを閉め、俺は大きく息をついた。歩のパワーにはほとほと疲れる。

◇　◇　◇

〝ゆき〟に向かって歩きながら、俺は今この瞬間瞳くんが歩に話しているだろう、彼女とのなれそめについて思いを巡らせていた。

あれは二年以上も前、俺は大手ソフトウェアメーカーに、スパイを探り出すための潜入捜査員として雇われたのだった。

瞳くんは、外部からの出向スタッフという形で俺が配属されたプロジェクトのチーフだった。初めてのチーフ、しかも社運を賭《か》けた一大プロジェクトだっただけに、瞳くんの熱意には鬼気迫るものがあった。

「東雲さん、またですか⁉」

潜入捜査員として不審に思われない程度には業務を理解しようとしていたのだが、それ

でも人の半分も追っつかず、成績を上げることに躍起になっていた瞳くんは、俺の顔を見る度に、叱責《しっせき》を浴びせてきた。

「まあまあ、そんなに怒らないで」

なんとか穏便に済ませようとするのだが、それがかえって彼女の神経を逆撫《さかな》でするらしい。そればかりか、日頃のストレスや不規則な生活リズムからくる苛立《いらだ》ちも、俺にぶつけることで解消させていたフシもあった。

しばらくそんな毎日が続き、いよいよプロジェクトのコンセプトが固まった時、恐れていた盗難が発覚した。

社の独自のパテントや重要機密を盛り込んだ企画書が、何者かによって持ち出されてしまったのだ。

瞳くんはショックで会社を無断欠勤した。俺からも何度か電話をしたが、応答に出る気配すらなかった。

企画書は、俺が以前からマークしていた人物が持ち出していたので、すぐに回収することができた。機密漏洩《ろうえい》はまぬがれたわけだ。だが、瞳くんは会社に戻ってこなかった。

任務が終わったので俺は会社を去ることになった。俺を散々バカにし罵倒《ばとう》した女上司だったが、俺にはどこか可愛《かわい》く見えていた。こんなことでつぶれてほしくなかったが、結局最後まで瞳くんを見かけることなく俺はその会社を後にした。

が、それから数ヵ月後、俺の事務所に瞳くんがひょっこり現れたのだ。数ヵ月前の非礼を詫《わ》び、俺の元で働きたいと言う。

彼女にどんな心の逡巡《しゅんじゅん》があったのかは知らないが、燃えている目つきに嘘《うそ》はないと信じた。熱意を持っている人間を無下には扱えない。俺は彼女を雇うことにした。

それから二年——。

相変わらず瞳くんは熱意を持って物事にあたり、貪欲《どんよく》に吸収しようとしている。なにより、俺に対して絶対的な敬意を払ってくれている。散々罵倒された二年前が嘘のようだが……。

彼女に女としての魅力を感じないわけではない。むしろ意識する心を無理やり抑《おさ》えつけているきらいもある。気は強いが晶ほどがさつではなく、母性的だが鞠絵より活動的。その上、ハッとするほど美人でグラマラス。俺のことを慕っていて、俺の性格や嗜好《しこう》を知り尽くしている。これほどの女が毎日そばにいて、意識しないでいられるわけがない。

鞠絵の一件で俺は、自分の臆病《おくびょう》さを知った。

探偵をやっていてハードボイルド気分で女を抱くが、本当に好きな女の前では本心を出せない臆病者に成り下がるのだ。

瞳くんに手を出さないのは仕事のパートナーだとかなんとか、そんなのは言い訳に過ぎない。きっと俺が臆病になっているのだ。……そろそろ潮時なのかもしれない。

◇　　　◇　　　◇

Ｐ・ｉ・Ｐ・ｉ・Ｐ・ｉ・Ｐ・ｉ――。

〝ゆき〟に到着しドアを開けようとした途端、ケイタイが鳴った。

『し、東雲さん？』

聞こえてきた声は美紗子だった。声の様子がおかしい。

「どうかしたのか？」

『し、東雲さん……ど、ど、どうしたら……私、どうしたらいいの？』

ケイタイの向こうから聞こえて来るのは歯の根も合わないほど震えた美紗子の声。かなり混乱した様子で、なにを言おうとしているのかも分からない。

「どうしたんだ美紗子？　今、どこなんだ？　どこからかけている？」

『ああ、どうしよう、どうしよう……どうしたらいいの？』

「とにかく落ち着くんだ。深呼吸をしろ」

『う、うぅぅ、うぅ……』

相変わらず美紗子は震えたまま。異常なほどなにかに恐怖していることだけは分かる。

「美紗子！　落ち着いてひとつずつ質問に答えてくれ」

『う、うぅ……う、うん』

「今どこにいる？」

『ゆ、由里香姉さんの、マ、マ、マンション……』

「由里香の部屋にいるんだな？」

『ゆ、由里香、由里香姉さん……いや、いや、いやぁぁぁぁ！』

「美紗子⁉ おい、美紗子⁉ どうしたんだ⁉」

由里香のことを聞くといきなり絶叫して完全に錯乱状態に陥る美紗子。ただ事ではない。

「美紗子！ そこはどこだ？ 由里香の住所はっ⁉」

だが美紗子は泣き叫ぶばかりで話にならない。

「美紗子、俺がすぐにいくからな。そこを動くんじゃないぞ！」

俺はいったんケイタイを切り、『ブルーシャトー』に電話をかけた。最初に出た人間に緊急事態だと告げ、問答無用で由里香の住所を訊《き》き出《だ》した。板橋の住宅街だ。車を飛ばせば十分もかからない。俺は駐車場までダッシュし、ヨタハチのエンジンを始動させると、フルスロットルで街に飛び出した。

予想より三分ほど早く、由里香のマンションに到着。集合ポストをチェックして由里香の部屋番号を確かめると一足飛びに階段を昇り、由里香の部屋のドアを一気に開いた。

途端、俺はむせ返るほどの生暖かい臭気に包まれた。顔をしかめながら玄関に上がる。

室内にはさらに濃い匂《にお》いが満ちていて、じっとりと肌にまとわりつく。リビングルームの片隅で女のすすり泣く声。壁にもたれて呆《ほう》けたように座り、ただただしゃくりあげている美紗子の姿が目に入った。

「美紗子っ！」

「……あ……東雲……さん」

「大丈夫か、美紗子？　もう安心だから落ち着いて」

「うぅぅ……うぅ、うっ……し、東雲さん……由里香さんが……由里香さんが……」

俺の腕にすがりついて再び嗚咽《おえつ》をもらす美紗子。だが、電話をしてきた時よりは落ち着いているようだ。

「……由里香姉さん、風邪で休んでたから……心配で来てみたら……玄関のドアが、少し開いてて……な、中に入ったら……」

「分かった、分かった……もうしゃべらなくていいよ」

「……う、うぅ、うっ……」

俺は美紗子の頭を撫でて慰めながら、あたりをざっと視認する。化粧品や雑多な小物類が並ぶリビングには俺たちしかいない。が、室内に漂っているのは確かに血の匂い。リビングじゃないとしたら……。

「美紗子、ちょっとここにいてくれ。由里香の様子を見てくる」

「あ、イヤ……だめ、いかないで……！」

「大丈夫だよ。ちょっと見て、すぐに戻ってくるから」

俺は美紗子の腕をそっと離し、リビングを出て他の部屋を見ることにした。といっても廊下に出るとキッチンとバストイレ、突き当たりの扉しかない。半開きになっているその扉をゆっくり押し開ける。

かすかな腐臭をともない、ベッドに由里香がうつ伏せで倒れていた。頭部に二発の銃創《じゅうそう》。凝固した血液が赤黒くベッドを汚している。

一連の殺しと手口は全く同じだ。となると、由里香もドラッグに関わっていた可能性が高い。やはり沢渡や亜子とつながっていたのだ。おそらく、林のようにブツを受け取って、クラブの客を相手に売買していたのだろう。現段階ではそう推測するのがいちばん辻《つじ》つまが合う。

密輸をしていた沢渡、ドラッグを卸す亜子、売人の林、売人だと思われる由里香……。どうやら犯人はこのルートを消し去るつもりらしい。他にもまだ関わっている人物がいるのだろうか？　槙村恵……？　彼女もこのルートに関わっているのか？

いずれにせよ、ここで由里香が殺されてしまったことで、また捜査の線は断ち切られてしまった。いつも俺が辿《たど》り着《つ》く直前に重要人物が消されてしまう。いつもあと一歩のところで……。

俺はケイタイで晶を呼び出し、殺人事件があったことを伝えた。

「奴《やつ》だよ。奴がまた現れた」

第四章　それぞれの過去

ケイタイを切って改めて部屋の中を見まわす。と、書棚の中に妙に気になる背表紙を見つけた。エッセイや小説の文庫本の中に、分厚いパステルカラーの背表紙……。手に取ってみると、それはアルバムだった。

何気なくページをめくって、俺はぎょっとした。

大学のテニスサークルの写真だったのだ。由里香がテニスウェアを着て立っている。ラケットを抱え、楽しそうに微笑《ほほえ》む由里香……その隣に園村亜子が写っていた。

俺は、なかば震える手でページをくった。何人かの集合写真の中に沢渡真司が写っていた。そして、そして槙村恵も。

点と点がつながった。

こうなると、やはり恵も狙《ねら》われると考えて間違いないだろう。迅速に恵の身柄を確保する必要がある。出身大学が分かったからには、恵の住所もおのずと判明するだろう。晶に、警察に任せた方が情報は早いかもしれない。

アルバムを繰り返し繰り返しじっくり見ている内に、

あることに気がついた。どの写真にもよく顔を見せているのは由里香と沢渡、園村亜子と槙村恵。それともうひとり。

長い黒髪が印象的な、大人《おとな》びた顔つきの美少女。多くの写真に登場してはいるが、ちょっと影のある表情で、歯を見せて笑っているような写真は一枚もない。もしかするとこの女も関わりがあるのかもしれない……。

と、アルバムをめくる俺の手が止まった。四枚つづりのアルバムが、そのページだけ三枚しか貼《は》られていなかったのだ。よく見ると写真が引きはがされた形跡があった。

由里香を殺した奴が持っていったのだろうか？　だとすると理由はひとつ。そこに犯人自身が写っていたからに他ならない。

と、そこまで考えて俺はハタと思い当たった。沢渡の机の上にあった四角い跡も写真だったのだ。きっと、沢渡のアルバムを調べれば、何枚か抜けている部分があるに違いない。間違いない。犯人は被害者たちの大学時代の仲間のひとりだ。

「たっくん！」

その時、部下を引き連れた晶が由里香のベッドルームに入ってきた。

「早かったな」

「ええ、また殺しだと聞いたから……同一犯？」

「おそらく。第一発見者は……」

「確保したわ。リビングにいた女性でしょ？」

「さっきまでかなり錯乱していたから、鎮静剤を投与してやった方がいいだろう」

「分かったわ。私が病院に連れていって話を訊くわ」

「すまない。ところで、これなんだが……」

手にしていたアルバムを開いたまま晶に手渡した。

「一連の殺人で殺された被害者たちが勢ぞろいしている。大学のサークルのようなんだが、調べはつくかな？　次にこの女性が狙われる可能性があるんだ」

俺は槇村恵の写真を指し示す。

「名前は槇村恵。ドラッグ絡みであることは判明してるんだが、居場所が分からない」

「分かった。調べてみるわ」

「それと、犯人はどうやら、この中のひとりのようだ。写真を一枚持ち去った形跡がある」

「ホントだわ……これは忙しくなりそうね。ありがと、たっくん」

部下を集めてテキパキと指示を出し始めた晶を後に、俺は由里香のマンションを出た。

周囲には現場保全のための非常線が張り巡らされ、いくつもの赤ランプが異様な光を唸《うな》らせている。

ここでも静かな夜は打ち破られた。

◇　◇　◇

翌朝——。

浅い眠りから早々に目覚めてしまった俺は、いても立ってもいられない思いで晶に連絡を入れた。美紗子のその後と槙村恵の安否が気になっていたのだ。

が、晶のケイタイは通じず、署の方に電話をしても捜査中ということで取り合ってもらえなかった。

試みに美紗子に電話してみると、これはあっさり通じた。

『あ……東雲さん……』

落ち着きは取り戻しているものの、声に元気がない。

「すまん、無事に家に帰ってるかどうか知りたかったんだ。大変だったな。ゆっくり休んでくれ」

『ま、待ってくださいっ！』

体を気遣って俺が電話を切ろうとすると、美紗子は声を張り上げた。

『ひとりで……心細いの……お願いです、少しでいいから家に来てくださいませんか？』

さもありなん、と俺は思った。晶からの連絡を待つ以外には他にすることもなし、美紗子から由里香に関する情報を訊くことができれば、他の糸口も見つかるかもしれない。

「ＯＫ、すぐにいく。住所を教えてくれないか？」

美紗子の住所を聞くと、俺は電話を切ってヨタハチのキーをつかんだ。

街に走り出て都心を抜け、辿り着いた先は、やはり郊外にあるマンション。

思っていたよりも高級感が漂うそのマンションの駐車場に車を止め、美紗子の部屋へと向かう。呼び鈴を鳴らすとドアがそっと開かれ、美紗子が不安げな顔をのぞかせた。

「大丈夫、俺だけだ。他には誰もいない」

「東雲さん……あ、あの、上がってください」

俺の顔を見て安堵《あんど》の色を浮かべる美紗子。よほど心細かったのだろう。

通された部屋は、美紗子らしいシックな色合いの家具や小物でまとめられた、家庭的で清潔感のある部屋だった。

「あの、これ……」

美紗子が大判の茶封筒を差し出してきた。

「前に頼まれていた由里香姉さんの履歴書、コピーして持っていたんです。もう必要ないかもしれないけど……」

「ありがとう」

受け取って中を確認する。由里香の大学名が分かった。この大学に連絡すれば恵の住所が分かるのだろうが、それはもう品の方で手を打っているに違いない。遅すぎたのだ……

いや、美紗子が、ではない。あの写真を見つけなかったら、被害者同士の関係が判明するのは、もっと後になっていたはずだ。今思うと、林というイレギュラーがあったために、すべての捜査が後手にまわったとも言える。

美紗子の様子をうかがうと、昨日のショックが尾を引いているらしく、憔悴《しょうすい》している。

「コーヒー、淹れますね……」

「あ、いや……美紗子に必要なのは休養だ。俺はやはり帰るよ」

「え？　東雲さん……帰っちゃうの？」

「ああ。俺が帰ったら戸締りして、ゆっくり休んでくれ」

「……いや……いや、いやよ！　ひとりにしないで！」

立ち上がりかけた俺に、美紗子はいきなりすがりついてきた。突然のことにうろたえ、俺は美紗子の身体《からだ》を抱きとめてやることしかできなかった。

「お願い、お願い……ひとりはいや……怖いの……怖いのよぉ……」

友人だった園村亜子の死。世話をしてくれた先輩、由里香の死。しかも無残に頭を撃ち抜かれた遺体を目の当たりにしたのである。美紗子の恐怖と心痛は計り知れない。

次々と自分の身辺の者が殺されてゆく不条理。未《いま》だ逮捕されない殺人犯。もしかしたら次は自分が殺されるかもしれないという強迫観念。美紗子は極限まで追い詰められ、打ちのめされ、心が壊れようとしている。

今、美紗子は自分を守ってくれる者を必要としている。癒《いや》してくれる者を、安堵を与えてくれる者を必要としているのだ。

「み、美紗……」

「んっ……」

重ねられた唇が俺の言葉を封じてしまう。

柔らかい、温かな唇の感触。

戸惑いと動揺に硬直し、身動きが取れなくなる。そんな俺の固まった唇を割り、美紗子の火照った舌が滑り込んできた。ためらいがちに俺の口内をまさぐる美紗子。

「ん……んん……っ」

美紗子がなにを思っているのかは分からないが、とにかく拒絶しなければ……。そんな思いとは裏腹に、俺の身体は美紗子の唇に魅入られたかのように動かなくなっていた。ぎこちなく動く舌先が俺の舌に触れる度、麻痺するような快感が俺の脊髄《せきずい》を走った。なされるがままに唇を任せ、そうしているうち、次第に頭の中が白く霞《かす》んでいく。

「ん……」

やがて、銀色の糸を引きながら美紗子の唇が離れた。

恥ずかしげに頬《ほお》を染め、美紗子は温かい両手で俺の右手を包み、そのまま柔らかくセーターを押し上げているふたつの膨らみへと導いていった。

抵抗する余地もない。

気が遠くなりそうなほど柔らかな触感が、てのひらから脳髄まで一気に駆け登る。

「東雲さん……」

導いた俺の手に自らの両手を添え、遠慮がちに膨らみへと押しつける美紗子。微妙な力が加わる度、張り出した双丘はゴムまりのような弾力で俺のてのひらを押し返してきた。

彼女の鼓動がセーターを通じて伝わってくる。美紗子もまた緊張しているのだ。

「今だけ……お願い……」

美紗子が乞《こ》うような視線を投げかけてくる。俺の手を握る細い指先。その両手が弱々しく震えていた。

潤んだ瞳《ひとみ》と震える両手が、無言のうちに訴えかけてくるもの、それは表現できないほどの寂しさ、不安、恐怖……。たとえ一瞬の慰めに過ぎないとしても、それでも彼女はつかの間の安らぎを求めているのだ。

だれかれ構わず安易に身体を重ねるような女性ではない。そんな美紗子だからこそ、その求めには真剣な思いが隠されているに違いないのだ。

俺は目を伏せる美紗子の顔を両手にはさみ、今度は俺の方から唇を重ねた。とろけそうに火照った舌を優しく吸いながら、ゆっくりと彼女に身体を預けていく。

「んっ……」

唇を重ねたまま、ゆっくりと膨らみに手を添える。セーターをたくし上げて手を差し入れ、上品なレースのブラの上から持ち上げるように揉《も》みしだく。

蠱惑的《こわくてき》な曲線を描いて迫《せ》り出《だ》した膨らみは、決して大きいというわけではない。けれど、しっとりとてのひらに馴染《なじ》む柔らかな感触と弾力は、男の本能をあおり立てるに十分すぎるほどのものだった。俺はほぼ無意識のうちに双丘を包む純白のブラをずらし、隙間《すきま》から無遠慮に手を差し入れて、吸いつくようなもち肌に直《じか》に触れた。

「あっ……！」

美紗子の真っ白な柔肌は、案の定、みっちりとてのひらに吸いついてきた。

とろけそうなほど柔らかな丘を大きく包むように揉みしだくうち、小さな先端が恥ずかしそうに首をもたげてきた。その微妙な固さがてのひらをこりこりと刺激する。

「あ、うぅ……」

かすかに頬を上気させ、苦しげに胸を上下させる美紗子。そのくぐもった吐息が、俺の頬をくすぐる。俺は片方の胸を揉みながら、もう片方の先端に唇を這《は》わせた。

「ひあっ……！」

遠慮がちに勃起《ぼっき》した突起を唇で挟み、くりくりとこね回す。

「うっ……くぅ……ん」

美紗子は胸が弱いのだろうか。先端に刺激を与える度、華奢《きゃしゃ》な身体が小さく跳ね上がった。

肌の火照りは加速度的に増し、揉みしだくてのひらには彼女の鼓動が強く伝わってくる。

「あ、あ、あ……しののめ……さん」

すっかり息が上がった美紗子が切なげに俺の名を呼ぶ。俺は乳房への愛撫《あいぶ》を続けながら、片方の手を美紗子の下腹部へと滑らせていった。

清楚《せいそ》なスカートをまくり上げ、不躾《ぶしつけ》な指をその内側へと忍ばせる。湿り気を帯びた空気をかき分け《わ》ながら進んだ先に、上質なシルクの手触りと、その内側に隠された秘洞の火照りがあった。

「あぅっ！」

「ひあぁ……っ！」

美紗子の身体が大きく弾み、弓なりにのけぞって切なげに悶《もだ》える。その反応に合わせて指先を動かし続けるうち、上品な布地の奥から淫《みだ》らな水音が洩《も》れ聞こえてきた。

「いや……いやですっ……」

自らの淫音《いんおん》が耳に入り、美紗子は羞恥《しゅうち》に頬を染めて首をふった。だが、彼女が嫌がれば嫌がるほど、淫猥《いんわい》な水音は音量を高めていく。下着はすでに濡れそぼり、大きな染みの奥に秘裂の形がクッキリと浮かび上がっている。

俺は美紗子の腰を持ち上げて、薄手のパンティーを抜き取った。

「あっ……そ、そんなっ」

驚く美紗子が足を閉じるより早く、俺は彼女の秘裂に顔を埋めていた。淫液でぬめった美紗子の秘部が眼前にさらされている。幾重にも重なる襞《ひだ》の隙間に入り込んだ淫汁が、昼間の陽光を微妙に反射し、いやらしい光沢を放っていた。

「や……いやっ！　み、見ないで下さい……っ」

真っ赤になって哀願する美紗子だが、俺はその美しい秘裂に吸い込まれるように見入っていた。たっぷりと蜜《みつ》をたたえた花弁、そしてその中央で恥ずかしげに顔を覗《のぞ》かせている花芯《かしん》。やさしくやわらかい美紗子の象徴……。

蜜の香りに引き寄せられるミツバチのように、俺はその花芯に無意識に唇を寄せていた。

「んあっ……！」

舌に粘液が絡みつく。濃厚な女の味わい。

陰核に唇を押し当て、驚くほど熱くなっている秘部を舐《な》め、溢《あふ》れ出《で》る蜜をすする。

「んっ、んん……っ！」

精神的に追い詰められた時、人は普段よりも情熱的になるという。感覚が鋭くなってしまうのだろうか。混乱と恐怖に怯《おび》えきっていた美紗子だったが、萎縮《いしゅく》する心とは裏腹に、その肉体は過敏なほどに高まっていた。

「ふあっ……！」

短い悲鳴と共に美紗子の身体が跳ねたかと思うと、途端に奥の方から熱い奔流がほとばしった。それでなくともベタベタになりかけていた口元に、熱いしずくが容赦なく降りかかる。

俺の相棒はすでに痛いぐらいにズボンを押し上げ、狭い空間から出たいと暴れている。やむなくズボンのベルトをはずし、ジッパーを下ろす。その気配を感じたのか、美紗子は薄く目を開いて俺の下腹部に視線を向けた。視線の先には凶悪に鎌首をもたげる男根がある。

それがあまりに禍々《まがまが》しく見えたのか、美紗子はすぐに恥ずかしげに目を伏せてしまった。が、そんな美紗子の反応とは対照的に、とろけそうなほど熱い秘裂はピクピクと物欲しげに唇をわななかせていた。

しとどに果汁をたたえている蜜果に、俺は猛り狂った男根をあてがった。

「うぁっ……！」

わずかに開いた隙間を押し広げ、硬直した肉棒がゆっくりと埋没していく。柔らかくうごめく淫肉が、差し込んだ勃起に絡みついてぐいぐいと奥へ導いていく。

幾重にも重なった肉襞が、意志を持った生き物のように、ぞわぞわと蠕動《ぜんどう》を繰り返して肉棒を撫で回す。

「くっ」

剛直をあまねく舐め回される感触に、俺は思わずうめき声を洩らした。

「くあ……っ」

弓なりに身を反らしながら、同じようにうめき声をあげる美紗子。

絡みつく柔肉は火傷《やけど》しそうなほど熱く、たぎった愛液が次々と肉棒に襲いかかってくる。

俺は下唇を噛《か》んで悦楽に耐えながら、狭い膣道《ちつどう》をこじ開けるように律動を開始した。

「あっ、う、ぅ……っ!!」

十分に潤っているはずなのに、往復の度に痛いほどの摩擦を感じる。美紗子はあまり経験がないのだろうか。ひと突きごとに痺《しび》れるような快感が全身を駆け巡る。意識が混濁し、すべての思考がかき消されていくようだ。

我知らず、打ちつける腰の動きが加速していく。

「あっ、はぁっ……う、うぅ……っ！」

美紗子は人差し指を噛んで声を押し殺しながら、俺の動きに合わせて自らも腰を使い始めた。スラリとした両足を俺の腰に絡め、ぐいぐいと押しつけてくる。美紗子が腰を弾ませる度、ただでさえ狭い膣道がさらに収縮する。

肉棒を引き抜く度に小さな陰唇がめくれ上がり、白桃色の粘膜が露《あら》わになっている。

俺は、早くも高まってくる爆発への欲求を必死に抑えつけ、しゃにむに腰を叩《たた》き込んだ。

「うっ、うくっ……あ、あ……」

子宮を突き破らんばかりに深く貫き、激しく肉襞をめくりながら浅く引き抜く。

白濁した淫液でぬらぬらと光る肉棒が、びくびくと悦楽に脈打ちながら美紗子の秘洞を蹂躙《じゅうりん》する。いやらしい水音が静かな室内に響き、淫靡《いんび》な吐息が空間を満たしていく。

激しい突き上げに揺れる乳房を揉み、すっかり充血した先端を指の腹で押しつぶす。

「ひぁっ！」

やはり胸が弱いのか、美紗子の声が裏返った。と同時に膣口がきゅっと締まり、そうでなくとも爆発しそうな肉棒をさらに強烈に刺激する。押さえつけてくる両足の圧力に逆らい、俺は一旦肉棒を引き抜いた。

すっかり口を開いた陰唇は泡立った愛液にまみれ、物欲しげにヒクヒクとうごめいている。俺は軽くひと息つくと、美紗子の身体を横向けて片足を肩に担いだ。

そのままの体勢で再び挿入し、激しく腰を揺さぶる。

「あっ、ああっ……！　くぅ……っっ」

必死に声を押し殺そうとする美紗子だが、あふれ出る嬌声《きょうせい》は抑えようもない。

「ひぅっ……あ、あ、あぁっ……！」

今にも弾《はじ》けそうな快感に歯を食いしばりながら、俺は美紗子の腰に手を添えて執拗《しつよう》に往復を繰り返した。容赦なく肉棒に叩き込まれる悦楽は完全に脳髄を痺れさせ、あらゆる思考を押し流してしまう。

ひと突きひと突きが表現しきれないほどの快楽を生み、突き出す腰の動きがさらに加速していく。

「あっ、あっ……う、ううっ、ああぅ……っ!!」

美紗子ももはや溢れ出る声を殺すことはできない。

結合部から洩れ溢れた愛液が、美紗子の太股《ふともも》を伝って淡い色調のじゅうたんに滴り落ちる。淫果を激しく責め立てる肉棒は、泡立った淫液にまみれながら嬉々《きき》として侵入を繰り返す。火のついたようなふたりの情欲は、絶頂という高みに向かって暴走していく。

「あっ、あはぁ……っっ……も、もうダ、メ……ダメぇぇ……っ!!」

うわごとのように限界を訴え、ガクガクと全身を震わせ始めた。

「し、東雲さん……しののめさぁぁん……っっ!!」

俺の名を叫び、美紗子の身体が跳ね上がったまま硬直する。

食いちぎらんばかりに秘洞が収縮し、呑《の》み込《こ》んだ肉棒を逃すまいと強烈に締め上げる。

「うぅっ!!」

そのまま中で果てたい欲求を押し止《とど》め、俺は辛うじて肉棒を引き抜いた。ほとんど同時に噴出した白い欲望が、紅潮した美紗子の頬にまで飛び散った。

「ああ……」

髪に背中に容赦なく浴びせられる白濁液。

「はぁ、はぁ……熱……い……」

美紗子の身体から力が抜けていき、やがてふたりともぐったりとしてベッドに果てた。

「しののめ……さん」

かすかな笑顔を見せる美紗子の柔らかな髪を、俺はなにも言わず手ぐしですいてやる。

その行為だけでも、お互いの気持ちは十分に伝わっていた。

美紗子は遠慮がちに俺に身体を寄せ、静かに目を閉じた。

彼女が求めたつかの間の温もり……。

俺は美紗子の横顔を見つめながら、彼女の髪をゆっくり撫で続けていた。


一時間ほど経《た》って、俺は眠っている美紗子に毛布をかけてやると、静かに彼女の部屋を後にした。

車に戻ると煙草《たばこ》に火をともし、シートに身を沈める。

やはり俺は、ああいう慰め方しかできないのか……。

自虐的な思いにとらわれながら、俺は車を発進させた。

第五章　ラストマン・スタンディング

「お帰りなさい。朝から調査ですか？　ご苦労様です」

美紗子の家から事務所に戻ってくると、瞳くんがにこやかにコーヒーを淹《い》れて迎えてくれた。俺《おれ》はあいまいに返事をしてデスクに座り、新聞を読むフリをした。

さすがにまともに顔を合わせられない。

「先生、どうかなさいました？」

瞳くんが俺の顔をのぞき込んだその時、

ＰｉＰｉＰｉ――。

タイミングよくケイタイが鳴り響いた。俺は急いで通話ボタンを押した。

『もしもし、たっくん？』

「晶か。その後の捜査はどうだ？」

『写真の件、いろいろ分かったわよ。こっちに来る？　それとも電話で済ます？』

「署までいくよ」

『分かった、待ってるわ』

電話を切ると俺は瞳くんに池袋署までいってくると告げ、そそくさと事務所を出た。

なにをやってるんだ、俺は……。まるで悪さが見つかるのを恐れているいたずらっ子みたいじゃないか。

遠くない距離だが、俺は池袋署までヨタハチを転がした。こまめに乗ってやらないとすぐに機嫌を悪くしてしまう車なのだ。

「はい、写真を渡しておくわ。もっとも、コピーだけど」

署に着いて応接室に通されると、晶はすぐに例の写真を取り出した。

「助かる。すまないな」

「お安い御用よ。たっくんにはいつもお世話になってるから」

晶は軽く笑って俺の向かいに腰をおろし、テーブルの上に写真のカラーコピーを並べながら話をし始めた。

「この写真に写ってる六人。沢渡と亜子、由里香の三人は殺されているけど、素性は明らかよね」

「ああ」

「で、ご指摘のこの女性、槙村恵……」

晶は恵に関する情報を教えてくれた。警察が恵のことを知ったのは由里香殺害後、交友関係を洗っていたら浮かんだらしい。大学に問い合わせてみると確かに在学していたということだ。卒業後は都内の商事会社に就職しているという。その会社に問い合わせてみたが入社三ヶ月で退社したそうだ。

「で、恵は今はどこに？」

「もちろん住所もつきとめてあるわよ」

「ほぉ、さすがだな」

「ふふふ、警察機構のデータバンクを甘くみたらダメよ」

不敵な笑みを浮かべてメモを差し出した。それほど遠いところに住んでいるわけではないようだ。しかし、そこにまだ住んでいるかどうかは分からないらしい。部下が聞き込みに向かったところ、誰《だれ》も出てこなかったのだそうだ。

「今晩、再び部下を向わせるわ。張り込みもさせるつもりよ」

「そうか。恵とコンタクトできたら……」

「ええ、ちゃんと連絡するわよ」

「すまない」

恵の方は晶に任せておいて大丈夫だろう。張り込みがつくなら殺害される心配も減る。

「次はこの子……」

晶が写真で指差したのは、他の写真にも多く登場した大人《おとな》びた顔立ちの女の子だった。

「彼女はね……もう死んでいたわ」

「……死んだ？　いつのことだ？」

「大学在学中よ。自殺なんだけど、ドラッグをかなり常習していたみたいで、死因がハッキリしてないの」

「ドラッグ……その頃《ころ》から沢渡が流していたんだろうか？」

「さあ、そこまでは……彼女の名前は神楽優子《かぐらゆうこ》よ」

ドラッグ中毒が原因で自殺……。大学在学中に死んでいるとなると、もう五年以上も前のことだ。今回の事件と関係があるとは思えない。

沢渡との関《かか》わりが気になるところだが、この時は沢渡もまだ学生なのだ。密輸できる立場にはいない。神楽優子のドラッグ中毒は、また別件なのかもしれない。

「最後のこの男は？」

俺は晶が示した写真の最後の男について訊《たず》ねた。

「名前は魚沼春樹《うおぬまはるき》……」

「こいつはまだ生きているのか？」

訊ねると、晶は困った顔をして肩をすくめた。

魚沼春樹は大学在学中に行方不明になっているらしい。それも優子が自殺した直後。

この男と今回の事件の関連性は今のところ認められていないが、警察では魚沼がなんらかの事情を知っているのではと仮定して行方を探しているらしい。

「当局ではこの魚沼がくさいとにらんでいるわ」

「確かに不明な点も多いし、気になる存在ではあるな」

沢渡、魚沼、恵、由里香、亜子、優子……テニスサークルの集合写真。このうち三人が死亡し、そのどれもがドラッグ絡み。過去から今に続く線があるのかもしれない。

「当局の捜査ではこんなところね。役に立つかしら？」

「いや、ここまでいろんな情報が得られるとは思っていなかった。俺も、なにかつかんだらすぐに連絡を入れよう」

礼を言って部屋を出ようとすると、晶は目を伏せて言い募った。

「たっくん、それからね……」

俺は足を止めて晶を見た。晶がこんな風にくちごもるのは珍しい。

「なんだ？」

「うん、あのね……園村亜子の検視の結果、体から比較的損壊の少ない銃弾が摘出されたの。その旋状痕《せんじょうこん》が……お父さんを殺した弾丸とほぼ一致したの」

「まさか……」

旋状痕とは、弾丸が銃筒から撃ち出される時につくキズのことで、指紋と同じように銃それぞれによって必ず異なる。

「今頃になって……」

洸正の親父《おやじ》が殺されて、もう五年が経《た》つ。迷宮入りを覚悟していたのだが、同じドラッグ絡みの今回の事件で、再びその犯人と対峙《たいじ》することになるとは……。

◇　◇　◇

恵の捜索、優子に関する調査……晶のおかげでやるべき調査が急に増えた。手が足りなくなったため、神楽優子の件は瞳くんに任せることにした。故人だから訊《き》き込《こ》み中心の調査になる。何年も前に他界した優子の情報を、彼女の根気と物腰のやわらかさなら、人々の記憶から引き出せると期待したのだ。

俺の方の槙村恵の家宅調査は空振りに終わった。

晶がくれたメモの住所にいってみたのだが、やはりもうそこに人は住んでいなかったのだ。俺はくたびれた脚を事務所のデスクの上に投げ出した。優子の調査に出掛けた瞳くんはまだ戻っていない。

がらんとした事務所でぼんやりしていると、切り裂くように電話が鳴り響いた。

その音に、俺は無性にいやな予感を感じた。

「はい、東雲探偵事務所――」

「……東雲さんですか？」

ふと受話器の向こうから聞こえてきたのは、女性の潜めたような声。音がわずかに反響している。なにもない密室からかけているようだった。

「……私《わたし》、槙村恵です」

俺は耳を疑った。完全に消息を絶って調査がいき詰まっていたこの瞬間、恵本人から連絡が入るとは……。俺は受話器を握りしめた。

「恵さん！　今、どこにいるんですか？」

「それより、大変なことが起っているんです。瞳さんが……」

「えっ……瞳くん？」

意外な言葉に、一瞬理解が追いつかなかった。槙村恵の口からなぜ瞳くんの名前が出てくるのだろう？　と同時に背中がゾクリと冷える。理解より先に、感覚が、悪いことが起きていると告げた。

「瞳くんになにがあったんだ⁉」

「今、池袋の繁華街から外れた廃倉庫に監禁されているの。早く来てあげてください。急がないと瞳さんは……」

そこで言葉を詰まらせる恵。俺の感情はすぐに受話器を置いて事務所を出ようとしたが、理性がそれを押しとどめた。

なぜ恵は俺のところへ電話をかけてきたのか。なぜ恵は瞳くんが監禁されていることを知っているのか。

なにかの罠《わな》かも知れない。

「東雲さん、早く、早く来てください！」

「ちょっと待ってくれ。恵さんが分かる限りでいいから状況を説明してくれないか？」

「え？　あ、あの……」

俺が訊ねると、恵はそこで一瞬、言葉を詰まらせた。やはりなにかを知っているようだ。

「じゃあ、まず教えてくれ。どうして君は瞳くんが監禁されていることを知っているんだ？」

「それは、その……わ、私も関わっているからです……」

受話器から聞こえてくる声がさらに潜められた。誰かに聞かれると相当にまずいのだろう。危険を冒して俺に連絡してくれたのだ。逆に、瞳くんはそれだけ危険な状況にあると言える。

瞳くんは神楽優子の事を調べていた。その絡みで拉致《らち》されたのだろうか？　誰かにとって、外に洩《も》れては困る事実をつかんだのか？　その前に口封じをしようというのか？

いずれにしろ、やはり神楽優子とドラッグ事件は関係があったと推測される。

由里香の写真に写っていた六人……沢渡、亜子、由里香、恵、優子、そして魚沼。すべてがつながり始めている。生き残っている魚沼と恵……この2人に関連はないだろうか。

いや、あると考えて間違いない。

「……そこに魚沼はいるな？」

「えっ？　ど、どうしてそのことを!?」

俺が訊ねると急に狼狽《ろうばい》した声を上げる恵。やはり事件の背後に魚沼がいる。

優子の自殺に魚沼が絡んでいることも間違いないだろう。それを知られるとまずいから調査中の瞳くんを拉致した。とうことは、連続殺人の犯人は魚沼なのか？

……いや、それでは辻《つじ》つまが合わない。自分のドラッグ流通をつぶしてまで、なぜ何人も殺さなくてはならなかったのだ？　それに犯人はドラッグには一切、興味を示していない。もし魚沼が殺人犯なら、現場からドラッグも持ち去るだろう。大事な商売品だ。

殺人犯はきっと他にいる。

だとすると、最後に狙《ねら》われるのは恵と魚沼のふたり。

なぜ恵は自分たちの所在を明かす電話を急にかけて来たのか。

こうは考えられないか？

俺に助けを求めていると——。

その前に確かめておかなければならないこともある。俺は質問を続けた。

「恵さん、そこには何人いる？」

「……私と……魚沼と、仲間の男が三人」

「武器は？」

「ナイフ……だけだと思う」

「瞳の状態は？　奴《やつ》ら、瞳をどうするつもりなんだ？」

「薬漬けにするらしいの……それから売春街に売り飛ばすって」

「まだ、無事なんだな」

「ええ……だから、だから早く来て！」

「最後に……どうして俺に連絡を？」

「…………」

そこで息を呑《の》み、答えようかどうしようか迷っているらしい恵。

「魚沼は狙われているんです……連続殺人犯に」

「……やはり……」

「魚沼は、自分が狙われているのに、犯人をおびき寄せて逆に殺そうとしています。もう……彼に罪を重ねて欲しくない。すでにお分かりでしょうが……魚沼はドラッグの売買もしています」

「ああ、大方の予想はついていた」

「……どうか、あの人を止めてください！」

「なぜ君がそこまで？」

「彼を愛しているんです……。本当は自首したいのだけれど、それだと彼を裏切るようで、どうしても決心ができなかった……だから、私、東雲さんに――」

そこで恵の背後でドアをノックする音が聞こえ、いきなり通話がブツリと切れた。

俺は立ち上がって車のキーを握り締めると事務所を飛び出した。

かつてないほどヨタハチを飛ばし、恵に教えられた倉庫街までやって来た。

一気に乗り込みたい気持ちを冷静に抑止しながら、目指す倉庫から少し外れたさびれた道路に車を止めた。

もし倉庫周辺に見張りがいて、気づかれでもしたらすべてが水の泡だ。慎重に行動しなければ。だが、そうかといって悠長にしている暇もない。恵は瞳くんを薬漬けにすると言っていた。まだなにもされていないことを祈るのみだ。

俺は、たとえ今後の人生をフイにしてでも瞳くんを救ってみせる。

車を降り、物陰に身を潜めながら倉庫に近づく。身構えながら周囲の様子をうかがうが、見張りをしている者はいないようだ。静かに駆け、壁に身を張りつけてドアを探す。壁に沿っていくと入口が見つかった。

ドアノブに手をかけて音を立てないよう慎重に回してみる。動いた。鍵《かぎ》は開いている。

このまま一気に正面から突入することもできるが、その場合は一瞬にして倉庫内の状況を把握、先手を打つ必要がある。相手の虚を突かなければ奇襲は成功しない。

敵の数は魚沼と恵と男が三人。

突入後、魚沼を人質に取って瞳くんを解放するのがベストだろう。うまくいくとは限らないが……。

俺はなにが起きても対処できるように心の準備を整え、ドアを静かに開けると、音もなく内部に侵入した。

途端、女の妖《あや》しい喘《あえ》ぎ声が俺の耳に響いた。物陰に潜み、ぼんやりとした照明が照らす倉庫の中央あたりをうかがった。

「うっ……あ、あはぁぁ……」

瞳くんが後ろ手に縛られ、三人の男が瞳くんを囲み、なぶりものにしていた。三人の男は、恵が言っていた魚沼の部下だろう。魚沼と恵の姿は見えない。

瞳くんの着衣は乱れ、乳房は露出されている。スカートはまくり上げられ、パンティーは丸まって床に転がっていた。

「んんっ……くっ……あはぁぁぁ……」

くちゅくちゅと淫《みだ》らな水音が響く。男のひとりが瞳くんの秘部を指でもてあそんでいるのだ。クッキーを食わされたのだろう、瞳くんの目はうつろで、だらしなく開いた口からは愛液のような涎《よだれ》が糸を引いている。

俺の中でなにかが弾《はじ》け飛んだ。

物陰から躍り出ると、身を低くしたまま三人の男たちに突っ込む。いち早く気づいた男に照準を絞り、その喉元《のどもと》を殴りつける。男は一瞬にして気道を詰まらせ昏倒《こんとう》した。次に殴りかかってきた男の腕を払い、低い姿勢から腹に頭突きを食らわす。体を折り曲げた男の

後頭部に手刀を叩《たた》き込むと、こいつも白目を剥《む》いて固いコンクリート床に倒れ伏した。

「おおおっ！」

瞳くんを凌辱《りょうじょく》しようとしていた男は一瞬のことに訳も分からず立ちあがろうとしたが、俺はそいつのみぞおちを狙って靴《くつ》のかかとを叩き込み、コンクリート床まで踏みつけた。

「うがあああッ！」

醜い悲鳴を上げる男の側頭部に蹴《け》りを入れると、男は体を痙攣《けいれん》させながら昏倒した。

「瞳くんっ！」

駆け寄って肩をつかむと、瞳くんは合わない焦点を懸命に俺に合わせ、

「せんせい……せんせい……」

と涙をこぼした。

よかった。まだ理性がちゃんと働いている……。

俺は彼女にコートを羽織らせ、立ちあがらせようとした。が、彼女はそれを拒み、しきりに目線を動かしている。しゃべりがままならないので目でなにかを訴えているのだ。

瞳くんの視線の先を見ると、そこに鉄製の簡単な階段があり、倉庫二階の小部屋へ続いていた。部屋の窓に明りが灯《とも》っている。魚沼と恵があそこにいるのだ。

倉庫の外に非常階段のようなものはなかった。あの部屋から外に出るには、ここを通らざるを得ない。つまり、魚沼と恵はまだあそこにいるはずだ。俺は声を荒げた。

「魚沼ぁーーっ！」

窓に影が動いた。

「出てきて自首しろっ！　悪いようにはしない！」

と、階段の上に恵が立った。その首筋にナイフが押し当てられている。恵の背後に、写真でしか見たことのなかった魚沼の姿が現れた。

「ドラッグでずいぶん稼いだんだろ？　殺人者に狙われてるからって、こそこそ隠れて悪あがきをするのはやめろッ！」

「うるせえっ！　この女をブッ殺すぞ！」

恵の首にナイフを押し当てたまま、恵を盾にするように階段をにじり降りてくる。

「この倉庫はもう警官隊に包囲されているぞ。無駄なあがきはやめろ。今、俺に投降した方が罪は軽いぞ」

「うるせえっ！　俺は誰にも縛られない。俺は自由に空を飛びながら、社会に毒を垂《た》れ流《なが》し続けてやるんだ!!」

「馬鹿《ばか》野郎ッ！　少しは恵さんの気持ちも考えろ。恵さんは自分の体がボロボロになっても、お前のことだけを想っているんだぞ。今回だって、お前が罪を犯す前に止めてほしいと俺に連絡してきたんだ」

「うるせえっ！　うるせえ、うるせえッ!!」

魚沼は恵を盾にしたまま俺を回り込み、倉庫の扉を開けた。

倉庫の周りは警察のパトカーで埋め尽くされていた。回転するパトランプがあたりを赤く染めている。魚沼はナイフを取り落とし、その場にがっくりとひざをついた。

「たっくん、ご苦労さまっ！」

救護隊に毛布をかけられ救急車に向かう瞳くんについて歩いていると、警官隊の中から晶が割って出てきて声を掛けてきた。

「遅かったじゃないか」

倉庫に向かうヨタハチの中で、俺は晶に一報を入れていたのだ。

「ごめんねえ、中がどんな状況になっているか分からなかったので、うかつに手を出せないと判断したのよ」

まあ、悪くない判断だと言える。あの時、本当に警官隊が突入していたら、魚沼は逆上して恵を刺していたかもしれない。

「瞳さん、お大事に……」

晶は瞳に声を掛けると、陣頭指揮に戻っていった。

「せ、せんせ……先生」

ようやく意識がハッキリし始めてきた瞳が、俺の袖《そで》をつかんで立ち止まった。

「どうした、瞳くん？」

「か、神楽優子は……神楽優子さんは……」

「報告はあとでいいよ。今は……」

瞳くんが場違いな報告を始めたので、まだ意識が混濁しているのかと制しようとしたが、瞳くんは強く首をふって、俺に真剣な眼差《まなざ》しを向けてきた。どうしても言っておきたい風なのだ。俺は気圧されるように立ち止まった。

「神楽優子さんはドラッグなどやるような人ではなかった。……これは、何人もの人が証言しています」

「魚沼の毒牙《どくが》にかかったんだな？」

瞳くんの言いたいことを先読みして言うと、彼女は力強くうなずいた。

「はい。きっと私にしたのと同じような手口で……」

ドラッグ漬けにされ、体を蹂躙《じゅうりん》され、悲嘆して優子は自殺した。

俺は瞳くんを見やり、優子には悪いが心底ホッとした。……間に合ってよかった。一歩間違えば、瞳くんも優子と同じ道を……。

「神楽優子には恋人がいました」

俺の思いは、瞳くんが報告を続け始めたことによって中断された。

「神楽優子の恋人の名前は……矢野和正《かずまさ》です」

「矢野和正？　まさか……」

俺の頭に、歩の調査の時、清和学園で会って話をした好青年タイプの国語教師の顔が浮かんだ。

「矢野は優子さんの自殺に、何日も寝込むほどショックを受けたとか……。一連の殺人事件、矢野が魚沼を追い詰めるためにやっていたと考えられないでしょうか？」

「……いい推理だ。だが、瞳くん、君はどうして矢野の名を……？」

「先生の報告書には必ず目を通していますから。五十嵐歩の件で聞き込みをした高校教師ですよね？」

俺は瞳くんの記憶力に舌を巻いた。

「その通りだが……矢野和正は犯人ではないと思うよ。曲がったことを嫌う熱血タイプの教師だから……」

「熱血タイプが悪を憎み始めると、正義は狂暴化し、大義が失われてしまうことはままあることです。先生の報告書にも、『非行っぽい生徒を激しく憎むきらいがある』と書かれていました……先生？」

話の途中で、俺は意識を他に奪われた。

俺たちと少し離れた場所では魚沼や恵、三人のチンピラたちが倉庫からの証拠品押収のため立ち会わされている。倉庫を取り巻く道路には立ち入り禁止のテープが張られていたのだが、早くも野次馬が集まり、そのテープ越しにこちらを見守っていた。その群衆の中に、俺はまぎれもなく今話題にしているその人、矢野和正を見て取ったのだ。

矢野は群集の背後をまわり、魚沼の立つ位置に近づいていた。

「矢野っ！」

俺は叫びながら駆け出した。俺が見つめるうち、矢野は懐からなにかを取り出した。拳銃《けんじゅう》だ。

「やめろーーっ‼」

俺の叫びに警官の数人がふり返る。晶が気づいて拳銃を抜いた。魚沼は驚愕《きょうがく》の表情を浮かべている。手錠をされたままの恵が、警官を押しのけて前に出た。

銃声が炸裂《さくれつ》した。

俺は一瞬遅れて矢野に飛びかかった。矢野もろとも、もんどり打って倒れ込んだ。

「なにをしやがるッ！」

矢野が俺に向けて至近距離で発砲した。肩に熱い衝撃。

俺の脳裏にひらめく洸正の親父の最期。

親父もやはり、こうして撃たれたに違いない。この矢野の野郎に。

俺はこぶしを握り締め、矢野の眉間《みけん》にもろに鉄拳を叩き込んだ。のけぞって倒れる矢野。

魚沼の方を見ると、全員が呆然《ぼうぜん》と立ってこちらを見つめていた。その中で、恵がふらりと

第五章　ラストマン・スタンディング

前へ進み出た。と、まるでスローモーションのように崩れ落ち、地面に倒れ込む恵。その背中に赤い血潮が散っていた。

「め、恵……恵ぃーーっ!!」

魚沼が恵を助け起こそうとした。が、手錠が邪魔をする。

その時、組みついた俺の下で、矢野が弱々しく声を出した。

「う……魚沼……許さん……」

拳銃の撃鉄が起きる音がした。

再び銃声。

俺の頬《ほお》に熱い血が飛び散った。矢野の眉間に小さな穴が開き、血が噴き出していた。

晶が発砲したのだ。

俺はぐったりした矢野の体を押しやると、血を流す肩を押さえて恵の方に歩み寄った。

「……は、はるきさん……はるきさん……」

「恵ぃーーっ!!」

恵の体におおいかぶさる魚沼を、救急隊員が引き離そうとする。魚沼に向かって伸ばされていた恵みの白い手が、ぱたりと地面に落ちた。

「恵ッ!!　恵ィーーーッ!!」

赤色灯が恵と魚沼を照らす。ふたりをやるせなく見守る警官たち。

ドラッグにすべてを狂わされてしまった者たちの悲哀が、その場に満ちていた。


それから俺たちは事情聴取をさんざんに受け、池袋署を出た時には深夜だった。

負傷した俺は運転がままならず、ドラッグの毒から完全に回復した瞳くんがヨタハチを転がしてきたというわけだ。考えてみると、俺以外の人間があの車を操るのは初めてだった。

深夜だというのに衰えない街の明かり。それを助手席から心地よく眺めながら、俺たちは事務所まで戻ってきた。

事務所に入ると、俺は背中の傷をかばいながらゆっくりとソファに身を沈めた。

「先生、大丈夫ですか？」

瞳くんが心配そうに寄ってきて俺の身体《からだ》を支えてくれた。傷は思ったよりも深くはなかったものの、肉を裂かれた痛みはさすがにツライ。が、表情を曇らせて俺の顔を覗《のぞ》き込《こ》む瞳くんには強がってみせた。

「なぁに、心配は要《い》らない。多少痛むが一週間もあれば完治するさ」

瞳くんはそんな俺をじっと見つめていたが、やがてポロポロと涙をこぼし始めた。熱いしずくが俺の腕や手にかかる。

「どうした、瞳くん。なにも泣くことはないじゃないか」

瞳くんは小さくかぶりをふる。

「先生……っく……わ、私……私……汚されちゃった……」

瞳くんは手で顔を覆って激しく泣き出した。

「えっ……しかし、聴取では犯されてはいないと……」

「でもっ！　でもぉ……口とかで……いっぱい、いっぱい……汚されたんですぅ……！」

瞳くんの感情の発露を、俺はなにも言えずに見守った。

「私……私……もう先生に合わせる顔がない……汚れてしまったのぉっ！」

「汚れてなんかいない！　どんなことがあっても、瞳くんは美しい。どんなことがあっても、俺は君を愛しているっ！」

俺の、瞳くんへの感情がほとばしった。

これには瞳くんも涙を止めて俺をまじまじと見つめた。

「ずっと想っていた……君とあの会社で出会った時から……」

俺の気持ちの発露はとどまらず、これまでひた隠しにしていた想いを言い募った。

「しかし、君と俺は仕事上のパートナーだ。それ以上もそれ以下の感情も持つべきではない。しかも探偵という危険な仕事に、私情は禁物だ。感情だけで動くと真実を見失ってしまうから。だから俺は徹底して私情を押し殺してきた。でも、最近になって、そんなのはただの言い訳に過ぎないことに気がついた。……俺は臆病《おくびょう》な人間なんだ。君への気持ちを言ってしまうことで、君との関係を壊したくなかったんだ」

「先生……」

瞳《ひとみ》をうるませて、瞳くんは俺に抱きついてきた。俺の胸に頬を寄せ、涙を流していた。今度の涙は喜びの涙だった。

「先生、先生……私も、ずっと先生のことを……好きです」

「瞳くん……君は汚れてなんかいない。……好きだ」

「……先生」

お互いの想いを確かめ合うためにくちづけを交わす。初めて抱き締めた身体はとても線が細くて華奢《きゃしゃ》だった。瞳くんを抱きかかえたまま、足は寝室へと向っていた。ふたりして、そっとベッドに横たわる。

俺は瞳くんと見つめ合いながら、目線で意思を確認し合う。俺が微笑《ほほえ》みかけると、瞳くんは頬を真赤に染めながら、こくんと小さくうなずいた。

いつもアップにしている彼女の髪を解き、眼鏡《めがね》をそっとはずした。

有能な探偵助手の顔が、男に愛されるひとりの女の顔になった。

素顔が恥ずかしいのか顔を背けようとする瞳くんの頬をつかまえ、正面に向けてゆっくりと唇を重ねる。

「ずっと……こうしたかったんです……」

俺たちは何度も何度もキスを繰り返し、お互いの口を深く深く愛する。

「……あ、ん……せ、先生……」

そして俺は瞳くんの喉や耳を舌で愛撫《あいぶ》しながら彼女の背後に回り込み、耳たぶを甘噛《あまが》みしながら乳房に手を添えた。

「……はぁ……ぁぁ……」

普段から大きいなと思っていたのだが、実際に手にしてみると予想を上回る圧倒的な量感だった。こうして服の上から揉《も》んでみてもその大きさが分かるほど豊かで、そしてとても暖かい。瞳くんは耳まで赤くしながら俺の愛撫に甘い声を洩らしている。

「……ぁ、……はぁ……くぁ」

この手で瞳くんの肌を愛撫したい。高まる欲求に俺はブラウスの胸元を開き、ブラをまくり上げた。露《あら》わになった乳房はぷるぷると揺れ、少女のようにきれいな桜色をした乳首が恥ずかしそうに上を向いていた。

「あぁっ！」

乳頭を指先でこすると、瞳くんの体がビクッと跳ね上がった。

「……ぁ、せんせ……んぁっ！」

俺の指の中ではちきれんほどに勃起《ぼっき》している瞳くんの乳首。もっともっと愛撫したくなり、俺は瞳くんと向き合うと乳房に舌を這《は》わせた。

「ん、んくぅ……せんせ……い、ダメ」

甘い喘ぎを洩らしながら唇を噛み、太腿《ふともも》をもじもじさせて刺激に耐える仕草が可愛《かわい》い。

乳首を口に咥《くわ》えながらスカートをめくると、露わになったショーツはもう濡れていた。

愛液が布ごしにじわりと染み出てきているのが分かる。その湿った部分に俺はそっと手を這わせ、撫《な》で上《あ》げた。

「くぅんっ！……やっ、ぅん……」

ショーツを押し分け、愛液の流れ出てくる膣口《ちつこう》にゆっくりと中指を押し込む。

「きゃぅ……あぁぁ……ぁ」

そして親指で萌芽《ほうが》した淫核《いんかく》を撫でた。さらにびくびくと身体を震わせる瞳くん。彼女の胎内は今までのどの女性よりも熱く、激しく俺を求めていた。

「はぁう、はぅ……先生の指が……ぁ」

指を動かすと紅桃色の肉壁が顔を覗かせて、ぷしゅっと愛液を噴く。瞳くんの内腿を割って、俺は秘所に顔をうずめた。

「あぁっ！　あ、せんせぇ！」

そこだけが別生物のようにうごめく瞳くんの秘所。豊潤な甘い香りを放っている。とろとろと愛液があふれ出す。俺の思考もとろけてしまう。

「やっ……、お願い、恥ずかしぃ……」

べろべろと柔肉を舐《な》め上げると、淫靡《いんび》な音が響いた。

「そ、そんなところ……ん、んっ……ダメ……」

淫核をねぶり、尿道にまで舌を突き入れると瞳くんは腰をふるわせ甘い声で鳴いた。

「お……お願い……もう、あぁ」

口端から涎を流しながら必死に押し寄せる快楽に耐える仕草。そのすべてが愛らしい。

俺は瞳くんの膣口の内壁を指で小刻みにこすり上げ、徐々にそのスピードを加速させた。

瞳くんの陰唇がくちゅくちゅと喘ぎを洩らす。

「……くっ、……ぅああ！　せっ、せんせいぃ……っ！」

シーツを握りしめながら背筋を反《そ》らして鳴き続ける瞳くん。やがて肉壁は真赤に充血し、愛液がこれまで以上にあふれ出してくる。足先を痙攣させ、背筋を反らして天に向かってよがり声をあげ、ついに絶頂を迎えた。

「ああはぁぁぁぁぁぁぁぁぁ！」

瞳くんの全身に汗が噴き出す。その顔は恍惚《こうこつ》として上気していた。

「……はぁ……はぁ……はぁ……」

瞳くんは少し恥ずかしそうな表情で俺の股間《こかん》に手をあてがう。

「あの、先生……、今度は私が……」

瞳くんはスラックスのジッパーをそっと下ろすと、中から俺の男根を取り出し、恥ずかしそうに見つめた。

「……こんなに……」

ほっそりとした指が俺の男根を握り締める。とても柔らかくて優しい感触。そっと包み込みながら、ゆっくりとしごく。

「……先生、どうですか？　気持ちいいですか？」

その優しい愛撫に俺の男根はさらに固くなり、膨張する。

しばらく男根をこすり上げていた瞳くんだったが、意を決したように顔を近づけ、目を閉じて舌先を亀頭《きとう》に触れさせた。

「……先生の……熱い」

瞳くんは舌先で俺の亀頭を何度も舐め上げる。その刺激に背筋が震えた。そうして舐められているうちに、どんどん先走り汁があふれてしまう。

「……うっ……んくぅ……先っぽから、甘いのが出てる……」

さらに舐め上げる瞳くん。俺が彼女の奉仕に感じているのが分かったのか、瞳くんは少し恥ずかしそうに微笑み、口を開けてゆっくり俺の男根を飲み込んだ。

「うん、……んっ、……んく……あむ、はむ……んぅ」

「ううッ……」

背筋を震わせる刺激に、俺はついついうめき声を上げてしまった。それを聞いて嬉《うれ》しくなったのか、瞳くんはさらに愛撫を激しくしていった。

執拗《しつよう》な瞳くんの責めに脳髄から肉茎に耐え難い刺激と快感が走り抜ける。

「……ぁんっ……ん、ん、んっ」

俺のエキスをたっぷり含んだ唾液《だえき》が、小さな口からこぼれ落ちる。それを舌なめずりしながら、恍惚とした表情で何度も甘い吐息を洩らす瞳くん。

俺は彼女の肩をつかんでベッドに横たわらせた。照れながらもゆっくり脚を開いていく瞳くんのあふれる泉から妖艶《ようえん》な匂《にお》いが立ちのぼっている。

俺は肉茎の先端を、その泉の中心にそっとあてがった。

花心を包み隠した陰唇が、陰棒の先端に触れて恥ずかしげに口を開く。

「……はあっ、……んっ……」

体重をかけると肉棒はずぶずぶと蜜壺《みつつぼ》に沈んでいったが、途中で瞳の表情がゆがんだ。

埋没しかけた先端がなにかに阻まれているのを感じる。

切なげに眉《まゆ》をひそめ、瞳が唇を噛んでいる。

そのおでこにそっとキスをすると、瞳くんは目を開け、ニコと微笑んだ。

「だいじょうぶ……きて、先生……」

俺は一気に腰に体重をのせた。わずかな抵抗と薄い皮膜を突き破るような感覚。直後、男根がずぶりと熱い泉の深みにはまった。

「うあああっ！」

少女と女の境を通り抜けた瞬間、瞳くんは悲鳴を上げた。あれだけ濡れていてもやはり破瓜《はか》は痛かったようだ。しばらく結合したまま動かないでいる。何度も深呼吸を繰り返す瞳くん。それから数分ほどして瞳くんは俺に微笑みかけてくる。それが合図だった。

俺はさらに深く肉茎を沈め、ゆっくりと引きずり出す。

「うぐっ……うぅ……」

瞳の目尻《めじり》に涙が浮かぶ。交じわり合うふたつの性器に、破瓜の証が滲《にじ》み出《だ》す。

ゆっくりと労《いた》わるように男根の挿入を繰り返す。

「はぁ、んぁぁ……」

何度もゆっくり挿入を続けていると次第に瞳くんの顔が和らいできた。頬を赤くしながら甘い吐息をつき、唇からは喘ぎ声がもれる。

「はぁ……あん……せんせいぃ……」

ゆるやかな抽送《ちゅうそう》を繰り返していたが、その言葉を合図に、次第にその動きを加速させた。

「あ、ああ……あっ、」

瞳くんはしなやかな指に歯を立てて嬌声《きょうせい》を噛み殺し、徐々に自分からも腰を動かし出した。その動きにつれて長く美しい髪がさらさらと揺れる。

「……はぅ……んふ、んぁ」

ようやく彼女が感じてきてくれた嬉しさに、俺は彼女の華奢な体をひしと抱きしめた。

「気持ちいいかい？」

訊くと、瞳くんはにっこりとうなずいた。

「とっても……」

瞳くんの体を抱きしめたままその顔にキスの雨を降らせ、俺はペニスを挿入したまま、体の上下を入れ替えた。

「……あっ」

俺の上にまたがった形の瞳くんは一瞬不安そうな表情で俺を見つめる。

「……あ、あの、せ、先生」

「自分が気持ちいいと思えるように動いてごらん」

瞳くんはしばし戸惑っていたが、次第にゆっくりと腰を動かし始めた。

「ん……ぁぅ……あ……くぁ、はあ……あ」

彼女の動きに合わせて、俺も下から突き上げる。

「ぁうん！……う、うぁぁ……」

抽送の幅が大きくなるにつれ徐々に瞳くんの分泌物がその量を増し、いつしか結合部からは淫らな水音がもれ響く。

「……あっ、奥まで……深くて」

深々と瞳くんを貫いたまま、円を描くように腰を回転させる。

「ああん、ダメ……です……ううぅぅん」

初めて味わう感覚に、瞳くんは声を殺すことも忘れて裏返った嬌声をあげた。

「くはぁ……奥に……あたって……んっ……きゃぅ……きゃぅ……」

粘っこい淫液が固い男性にこね回され、ぐちゅぐちゅと卑猥《ひわい》な水音を奏で出す。

「はぁっ、はぁっ……せ、先生……せんせい……っ！」

俺の耳元に顔を埋め、うわごとのように繰り返す。首筋をくすぐる瞳くんの甘い吐息に、俺の脊髄《せきずい》を快感の電流が駆け上る。

「はっ、はぁっ……あ、あくっ……はぁぁ……っ」

瞳くんのうわずった呼吸に呼応するように、秘洞の収縮する周期も短くなっていく。

「せ、先生……も、もう……もう……っ!!」

淫液はその粘りを増し、捕まえた肉棒を奥へ奥へと引きずり込んでいく。余すところなく吸い付いた柔肉が、肉棒を離すまいと必死に食いついてくる。肉棒もろともに吸い込まれてしまいそうだ。

「あっ、も、もう…だめっ……だめぇぇ……っ!!」

俺の身体にしがみつき、瞳くんが限界の悲鳴をあげる。

「い、いく……いく……いっちゃいそうですっ！」

その声に俺の射精感も急速に高まる。

「くっ……瞳……っ!!」

「あっ…あぁっ……あはぁぁぁ…………!!!」

最後の悲鳴と共に瞳くんが達する。同時に俺もまた、沸騰《ふっとう》した白濁を瞳の胎内に叩きつけていた。放出の余波に肉棒が震え、気が遠くなるような快感で全身が痺《しび》れる。

「はぁ……はぁ……先生……先生……」

うるんだ瞳で俺を見つめながら、瞳くんが息を荒げて呼びかけてきた。

「瞳……」

見つめ合うふたり。

結合した魂。

もう、言葉はいらなかった。

終章

朝――。

いつもと変わらぬコーヒーブレイク。

瞳くんの淹《い》れた熱いコーヒーの香りが、俺《おれ》の脳を目覚めさせていく。

窓の外の池袋の街。いつもと変わらぬ活気。

今日も俺はこの街で、誰《だれ》かの助けとなるため仕事をする。

「さて、今日は……」

「宮下商事の鈴木様の案件です。引き続き素行調査と聞き込みをしなくては。先生には素行調査を行っていただいて、午後から私《わたし》が聞き込みの方を担当しましょうか？」

「ああ。じゃあ、そうしようか」

最近の瞳くんは仕事に積極的だ。調査することに自信を持っている。もう一人前の探偵と言っていいだろう。

「タケさま～っ！」

「わッ！」

事務室の扉がいきなり開き、歩が飛び込んできた。

「ど、どうしたんだ、歩……こんな朝早くから」

「朝って……もうお昼前だよ？　あ、さては……タケさま、また寝坊したんでしょ？」

「な、なにを根拠に……」

「ふふふ、ダメよ、歩。あんまり東雲くんを困らせちゃ」

開いていたドアから鞠絵が入ってきた。

「こんにちは」

「おぅ、鞠絵……どうしたんだ、ふたりそろって」

「プリンスホテルで父の応援会があって、娘ふたりが駆り出されたの」

「近くまで来たから、タケさまとお昼食べようって歩が提案したんだよっ」

「そうかそうか……どうする、瞳くん？」

「え？　私は……事務所で留守番していますから、先生どうぞいってらしてください」

瞳くんが遠慮すると、歩が駄々をこねた。

「いや〜ん！　瞳さんも一緒にいくのッ！」

「いつも歩がお世話になっていますから、ぜひ」

鞠絵が言い添えた。

瞳くんがチラリと俺を見る。小さくうなずいてみせた。

「じゃあ……お言葉に甘えて、同席させていただきますわ」

「やっほぅ！　やったね！　ランチランチィ〜！」

飛び跳ねてはしゃぐ歩。

瞳くんが俺のコートを取ってきて差し出してくれた。その瞳くんの手を歩がまじまじと見つめ、俺をふり返ってニヤリとした。さとい子だ。

「歩、なにを食べたいんだ？」

「あのねえ、歩、お寿司《すし》食べたい！」

「昼から寿司か……ま、たまにはいいか」

俺たちは四人そろって事務所を出た。歩と鞠絵を先に送り出し、俺と瞳くんは最後に出た。その時、ちょっとだけ手をつなぐ。

俺と瞳くんの以心伝心。仕事の中の、ちょっとしたプライベートな瞬間。

彼女の薬指にエンゲージリングが光っていた。

あとがき

Ｃｈａｉｎ──《鎖、連鎖、連環》──個を束縛し、全を結びつけるもの。ひとつひとつは分断された環でありながら、互いに束縛し合って全体を構成する……。

最初に『Ｃｈａｉｎ～失われた足跡』のノベライズのお話を受けた時、まず考えたのは「対比」でした。探偵と警察、都会の昼と夜、若者と年寄り、男と女、生と死。あらゆるものを対比させ、対立させ、けれどそれがいつしかひとつの連鎖の中に閉じられてゆく。そんなドラマを書きたいと思いました。しかし、いかんせん事件の背景が大きく、キャラクターの数も多いため、ゲームほどには語れずに終わってしまった感がありますが、如何でしたでしょうか？

ゲームで中心的存在だった歩は、本作では脇役に徹しています。晶や真由紀とのエッチシーンも割愛させていただきました。歩や晶のキャラクターを気に入っていただけた方は、ぜひゲームの方をプレイしてみてください。シブイ主題歌もついてます（笑）。

ちなみに本作執筆中のＢＧＭは、ハードボイルドな雰囲気を盛り上げるため、マイルス・デイビスやサド・ジョーンズ、ビリー・ホリデイといったジャズの大御所の方々のお世話になりました。

二〇〇一年　師走　　桐島幸平

Chain 失われた足跡

2002年1月25日 初版第1刷発行

著　者　桐島 幸平
原　作　ジックス
原　画　武藤 慶次

発行人　久保田 裕
発行所　株式会社パラダイム
〒166-0011東京都杉並区梅里2-40-19
ワールドビル202
TEL03-5306-6921 FAX03-5306-6923

装　丁　妹尾 みのり
印　刷　株式会社秀英

乱丁・落丁はお取り替えいたします。
定価はカバーに表示してあります。
©KOHEI KIRISHIMA ©ZYX
Printed in Japan 2002

既刊ラインナップ

定価 各860円+税

1 悪夢～青い果実の散花～
2 脅迫
3 痕～きずあと～
4 慾～むさぼり～
5 黒の断章
6 淫従の堕天使
7 Esの方程式
8 歪み
9 悪夢 第二章
10 瑠璃色の雪
11 官能教習
12 復讐
13 淫Days
14 お兄ちゃんへ
15 緊縛の館
16 密猟区
17 淫内感染
18 月光獣
19 告白
20 Xchange
21 虜2
22 飼
23 迷子の気持ち
24 ナチュラル～身も心も～
25 放課後はフィアンセ
26 骸～メスを狙う顎～
27 朧月都市
28 Shift!
29 いまじねぃしょんLOVE
30 ナチュラル～アナザーストーリー～
31 キミにSteady
32 ディヴァイデッド
33 紅い瞳のセラフ
34 MIND
35 錬金術の娘
36 凌辱～好きですか?～
37 MydearアレながおじさんN
38 狂＊師～ねらわれた制服～
39 UP!
40 魔薬
41 臨界点
42 絶望～青い果実の散花～
43 美しき獲物たちの学園 明日菜編
44 淫内感染～真夜中のナースコール～
45 MyGirl
46 面会謝絶
47 偽善
48 美しき獲物たちの学園 由利香編
49 せ・ん・せ・い
50 sonnet～心かさねて～
51 リトルMyメイド
52 flowers～ココロノハナ～
53 サナトリウム
54 はるあきふゆにないじかん
55 プレシャスLOVE
56 ときめきCheck in!
57 散櫻～禁断の血族～
58 Kanon～雪の少女～
59 セデュース～誘惑～
60 RISE
61 虚像庭園～少女の散る場所～
62 終末の過ごし方
63 略奪～緊縛の館 完結編～
64 Touchme～恋のおくすり～
65 淫内感染2
66 加奈～いもうと～
67 PILE・DRIVER
68 Lipstick Adv.EX
69 Fresh!
70 脅迫～終わらない明日～
71 うつせみ
72 Xchange2
73 M.E.M.～汚された純潔～
74 Fu・shi・da・ra
75 絶望～第二章～
76 Kanon～笑顔の向こう側に～
77 ツグナヒ
78 ねがい
79 アルバムの中の微笑み
80 ハーレムレーサー
81 絶望～第三章～
82 淫内感染2～鳴り止まぬナースコール～
83 螺旋回廊
84 Kanon～少女の檻～
85 夜勤病棟
86 使用済～CONDOM～
87 真・瑠璃色の雪～ふりむけば隣に～
88 Treating 2U
89 尽くしてあげちゃう
90 Kanon～the fox and the grapes～
91 もう好きにしてください
92 同心～三姉妹のエチュード～
93 あめいろの季節
94 Kanon～日溜まりの街～
95 贖罪の教室
96 ナチュラル2 DUO 兄さまのそばに
97 帝都のユリ
98 Aries
99 LoveMate～恋のリハーサル～

最新情報はホームページで！　http://www.parabook.co.jp

100 恋ごころ
原作：RAM　著：島津出水

101 プリンセスメモリー
原作：カクテル・ソフト　著：島津出水

102 ぺろぺろCandy2 Lovely Angels
原作：ミンク　著：雑賀匡

103 夜勤病棟 ～堕天使たちの集中治療～
原作：ミンク　著：高橋恒星

104 尽くしてあげちゃう2
原作：トラヴュランス　著：内藤みか

105 悪戯Ⅲ
原作：インターハート　著：平手すなお

106 使用中～W.C.～
原作：ギルティ　著：萬屋MACH

107 せ・ん・せ・い2
原作：ディーオー　著：花園らん

108 ナチュラル2 DUO お兄ちゃんとの絆
原作：フェアリーテール　著：清水マリコ

109 特別授業
原作：BISHOP　著：深町薫

110 Bible Black
原作：アクティブ　著：雑賀匡

111 星空ぷらねっと
原作：ディーオー　著：島津出水

112 銀色
原作：ねこねこソフト　著：高橋恒星

113 奴隷市場
原作：ruf　著：菅沼恭司

114 淫内感染 ～午前3時の手術室～
原作：ジックス　著：平手すなお

115 懲らしめ 狂育的指導
原作：ブルーゲイル　著：雑賀匡

116 傀儡の教室
原作：ruf　著：英いつき

117 インファンタリア
原作：サーカス　著：村上早紀

118 夜勤病棟 ～特別盤 裏カルテ閲覧～
原作：ミンク　著：高橋恒星

119 姉妹妻
原作：13cm　著：雑賀匡

120 ナチュラルZero+
原作：フェアリーテール　著：清水マリコ

121 看護しちゃうぞ
原作：トラヴュランス　著：雑賀匡

122 みずいろ
原作：ねこねこソフト　著：高橋恒星

123 椿色のプリジオーネ
原作：ミンク　著：前園はるか

124 恋愛CHU! 彼女の秘密はオトコのコ？
原作：SAGAPLANETS　著：TAMAMI

125 エッチなバニーさんは嫌い？
原作：ジックス　著：竹内けん

126 もみじ「ワタシ…人形じゃありません…」
原作：ルネ　著：雑賀匡

127 注射器2
原作：アーヴォリオ　著：島津出水

128 恋愛CHU! ヒミツの恋愛しませんか？
原作：SAGAPLANETS　著：TAMAMI

129 悪戯王
原作：インターハート　著：平手すなお

130 水夏～SUIKA～
原作：サーカス　著：雑賀匡

131 ランジェリーズ
原作：ミンク　著：三田村半月

132 贖罪の教室BADEND
原作：ruf　著：結字糸

133 -スガタ-
原作：May-Be SOFT　著：布施はるか

134 Chain 失われた足跡
原作：ジックス　著：桐島幸平

135 君が望む永遠 上
原作：アージュ　著：清水マリコ

136 学園～恥辱の図式～
原作：BISHOP　著：三田村半月

137 蒐集者～コレクター～
原作：ミンク　著：雑賀匡

138 とってもフェロモン
原作：トラヴュランス　著：村上早紀

139 SPOT LIGHT
原作：ブルーゲイル　著：日輪哲也

好評発売中！

〈パラダイムノベルス新刊予定〉

☆話題の作品がぞくぞく登場！

143.魔女狩りの夜に

アイル　原作
南雲恵介　著

　中世ヨーロッパ風の田舎町に、新しい神父が赴任してきた。しかし彼には信仰心などなく、むしろ神を憎悪さえしていた。そして神父という立場を利用し、町の女たちに魔女の嫌疑をかけては、凌辱を繰り返す！

135.君が望む永遠

上巻

アージュ　原作
清水マリコ　著

　孝之、慎二、水月は親友同士だ。水月から遥を紹介された孝之は、彼女の内気な性格に戸惑いながらも付き合い始める。だがそんな二人に悲劇は訪れた…。たっぷり読める上下巻分冊。